寂光院残照

永井路子

角川文庫
23015

目次

右京局小夜がたり

一

ええ、よく存じております。

「物いはぬ四方《よも》のけだものすらだにも……」

下の句は「あはれなるかなや親の子を思ふ」でございましたね。

え？　右大臣さまは、お淋《さび》しかったのだろう、けものさえ親に思われるものを――とは御自分のみたされぬ思いの御述懐に、ほかならぬと？……

まあ、御冗談を。歌の御心得のないあなたさまでもございますまい。あれは、右大臣家の、いえ、鎌倉《かまくら》御所、征夷大将軍《せいいたいしょうぐん》実朝《さねとも》公の御歌でございます。いやしくも東国御家人を統べたまう以上、将軍家は、こういうお歌を詠まねばならぬことになっております。あれはたしか「慈悲の心を」と題してのお作でございましたね、左様でございます。帝《みかど》とか将軍家には、それなりの御歌の作法がございましてね、時には世の無常を、時には慈悲を、時には民のくらしを思うお作がなければなりませぬ、いってみれば、それこそ王者の御歌とでも申しましょうか。

と申して、あのお作を、しきたりに従った心にもない月並の歌と申し上げているのではございません。それどころか、あのくらい心やさしく、素直なよい歌はめったにないと右京《うきょう》は思っております。右大臣さまのお人柄そのままと申してもよろしゅうございましょう。

あのお作にかぎらず、右大臣さまの御歌には、なまじ世なれたものには思いもつかぬおそろしさのようなものがおありでして……私どもならまず、こうでは拙《つた》なすぎまいか、あまりに稚《おさ》なすぎまいか、と思うところを、あのお方は、こちらが気恥ずかしくなるくらい、無邪気に歌ってのけておしまいになります。これは、幼な児の心をそのまま、汚しもせずに成人された方でなければできぬことでございます。

それというのも、御運に恵まれ、ゆったりとまわりのおいつくしみにひたって育たれたゆえの御天性――。それを母の愛に飢えていたの、孤独のお歎《なげ》きの……と、まあ、御冗談もほどほどになさいませ。

え？　あの御最期が何よりのあかし、と仰せられるのでございますか。右大臣さまを殺《あや》められたのは母御だなどと？　いえいえ、御存じの通り、剣を振われたのは、鶴《つる》岡八幡《がおかはちまん》の別当《べっとう》、公暁《くぎょう》どの、右大臣さまの甥《おい》御《ご》さま――。え？　その公暁どのは、祖母君にあたられる尼御台《あまみだい》、政子《まさこ》の方《かた》やそのお実家《さと》の北条《ほうじょう》家に操られたのだという噂が、都には専らと？……

ほほほ、それは鎌倉の地を知らぬものの申すことでございます。この私、右京は、鎌倉で足かけ十六年の歳月を過してまいりました。鎌倉の将軍家、実朝公の御台所《みだいどころ》に選ばれた坊門《ぼうもん》の姫君の乳母《めのと》として、お供いたしました短からぬ歳月、この眼で見てまいりましたことに、よもや見誤りはないはずでございます。

鎌倉の尼御台さま——実朝公の御実母、政子の方を、あちらではそう申し上げておりますーーは、しんそこ、右大臣さまをおいつくしみでございました。そのことは、姫君のお供をして鎌倉へ下りましたその日から、痛いほどわかりました。そのお眼が——切れの長い、女にしてはきつすぎる光を放つそのお眼が何よりもよくそれを語っておられました。

晴れの嫁むかえのその日なのに、そのお眼は、ひとつも喜んでおられない。右京の肌にまで突刺さるようなそのお眼差《まなざ》しは、ただならぬ執着とお憎しみさえもあらわにしておいででした。

え？　それ見ろ、尼御台は、実朝公をいつくしんではおられなかったのだ、とおっしゃるのですか？　いえ、いえ、それは、女の心をおわかりにならぬ方のお言葉でございます。

嫁を迎えて、ひたすら喜ぶのは、なみの母親、ただならぬ愛をわが子に注いで来た母の胸にあるのは、どうにもならぬ無念さでございますよ。

——もう吾子《あこ》は私のものではない。

ましてや相手が自分より美しい女であってみれば……。ええ、都育ちの姫君は、その日、乳母の私が惚《ほ》れ惚《ぼ》れするようなお美しさでございましたもの。

――これは大変なところにやって来たものだ。

私は心のうちで、ひそかにそう思いました。それでいながら、女というものは、おもしろいものでございます。そのことに胸騒ぎするよりも、天下の尼御台さまのお胸に憎しみの炎まで燃えあがらせたほどの姫君のお美しさに、むしろ誇らかな思いを味わった右京なのでございます。ものごとは初めが大切でございますからね、勝負はあった、というものでございます。姫君のお美しさを、これからもせいいっぱい見せつけてやろうと、心にきめたことでございました。

ええ、乳母と申しますものは、そうなのでございますよ。真実の母君より、姫君とは一心同体でございます。何しろ襁褓《むつき》の中からお育て申し上げるのは、母君ではなくて、乳母でございます。これは帝も公家《くげ》衆も同じこと、その名も「おんはは」と呼ばれて、姫君も何ぞの折には、母君よりもまず、この右京を、

「おんははよ」

と頼りにされるくらいでございますから。姫君のお輿入《こしい》れのその日は、乳母の私にとっても女の勝負どころ、武士でありましたならば、この日右京は、まずは切先鋭く、一太刀を尼御台めがけて振りおろしたと申すところでございましょうか。

もっとも、実を申さば、私が勝利に酔いましたのは、ほんのひととき、このとき、尼御台よりも、よりしたたかな眼差しがひそかに姫君にまつわりついていた事に気づきませんでしたことは、乳母として何とも不覚のきわみでございました。

二

まこと、乳母としたことが……。

右京の不覚でございます。尼御台より手強《てごわ》きお方が、傍におられることを、うっかり見落としましたこと、何と仰せられようとも、言いのがれはできませぬ。

その、しんじつ恐ろしいお方は、年若き将軍家の御乳母、阿波局《あわのつぼね》……。実朝公が千万《せんまん》（幡）君と名づけられたその日から、身近に抱きまいらせてお育てした乳母どの。これこそ右京の見逃してはならぬお方でございました。

でも、言い訳を言わせていただきますならば、そのお方の眼差しは、尼御台さまのように心の中をむきだしにされたものではございませんでした。どちらかといえば、お人よしの、しどけなくしなだれかかるような甘さがございました。お人柄も陽気で、と申すより、いささかしまりがなく、これが心許せぬおそろしいお方と気づくには、少しの月日がかかりました。

まことと尼御台とは雪と炭、同じお血筋で、なにゆえこうもと――ええ、そうなのでございます。局は尼御台の同腹の妹君でおいでございました。

後で知ったのでございますが、底なしの陽気とみえて、阿波局ほどの凄腕《すごうで》の女房衆はおらぬとか、何しろ二代将軍を退けまいらせ、御次男に生れてとうてい将軍の座など望むべくもなかった千万君をここまで押しあげたのは、あのお方の才覚だったとは、鎌倉中の噂でございました。

さもありなん――とは、同じ乳母づれの右京なればこその眼ききでございます。当世は帝も公家方も、御運の開け方は乳母の切廻《きりまわ》しひとつ、鎌倉もそのしきたりの外ではなかったのでした。してみれば、表面は尼御台を立てながら、そのじつ、千万君、いや、実朝公にいちばん近く、十三になるやならずの稚い将軍家を自在に操ったは、この阿波局。それでいて、それと覚られぬその用意の恐ろしさ――。一介の小領主から身を起し、鎌倉殿の舅《しゅうと》殿として、大名方に一歩もひけをとらず、執権の座を手にされた父君、北条時政《ときまさ》どののお人柄を最もよく受け継がれたのは、この阿波局であられたかもしれませぬ。

ま、それだけに、しんじつ腹の底まで打割ってみれば、尼御台と阿波局のおん仲らいは、いかがでありましたでしょうか。うわべは仲むつまじく、したが腹の底では瞋《しん》恚《い》の炎……。ほほほ、女はとかくそうしたものでございますから。

お二人のお仲のむつまじさは、たしかに内心如夜叉《にょやしゃ》のことわりからは、いささかはずれたものではございました。と申しますのは、このとき、お二人が手に手をとって戦わねばならぬお方が別にひとりおいでてございましたから。

その方こそは、お二人の父御の御継室、牧《まき》の方《かた》――。姫君と将軍家の御縁をとり結ばれたお方でいらっしゃいます、と申しあげれば御合点も参られましょう。鎌倉にいてその姫君の御母代りとして、口をもきこう、ものをも言おうの御魂胆もあらわに身をのり出して来られたこのお方に、何でやすやすと、お二人が席を譲られましょうものぞ。

いってみれば、愛と欲との三つ巴《どもえ》。

――私が、

――いいえ私が、

と、愛の押しつけ合戦。まこと、将軍家は、そのおびただしい泉の中に、溺《おぼ》れんばかりに身をひたされておいでだったのでございます。

え？　かんじんの姫君は？

まあ、考えてもごらんなさいませ。都でおおらかにお育ちの姫君が、この三つ巴の渦の中に分け入ることができたら、むしろふしぎではございませんか。そりゃ女の戦いは都にても同じこと、帝《みかど》のお側に上られた姫君の御姉君のような方なら、相手を蹴《け》落《お》とし、帝の御寵愛《ちょうあい》を一身にあつめる手練手管もお心得でございますが、妹君はそのような御器量ではいらせられません。いや、それゆえにこそ、御父君も、帝のお側はとうていむりと、はじめから入内《じゅだい》は諦《あきら》めておられたのでございますから……それはもう、ただ、おっとりと、鎌倉御所においで遊ばしたというだけでございまして……こうまで勝負を降りてしまわれれば、乳母の私など、歯がゆいどころか気を揉《も》む張りも失《う》せて、いっそ、さばさばと女方の合戦のすさまじさを拝見いたしておりましたわけでございまして、ほほほ……。

はい、右大臣さまでございますか。いえ、まだそのときは将軍家とお呼び申し上げておりましたが、このお方とて姫さまと同じことでございます。人間、ありあまるほどのものを手に持たされると、もうそれよりほかのものを拾おうという気も失せるものらしゅうございます。おおらかに育ったお子は、おおかたそうしたところがおありでございますね。いかにいつくしみを注がれようと、さまで有難いとも思わず、さりとて、姫君がさほどお慕いにならずとも、物足りなくも思《おぼ》されず……いわばぬるま湯に身を浸し、動きもならず、溺れもせず――あ、決して悪口のつもりではございませんので、ほほほ……。素直な、幼な児のようなお心と申し上げましたのは、じつは、そのあたりのことでございます。

他所目《よそめ》には、これぞ王者の風格、と映ったかもしれませぬ。ええ、まわりはえてして、このようなお方をりっぱな王者と褒めそやします。そりゃそうでございますでしょう。何でもあるがままに受入れられるお方がおいでの方が、下にいるものはらくでございます。いえ、悪口ではございません。お負けぎらいの本（後鳥羽《ごとば》）院さまなどより、ずっと息がつけるというものでございます。おや、これも悪口に聞えましたらお許し下さいませ。

三

お歌についてでもそうでございます。院のお好きなのは歌合《うたあわせ》。勝ち、負けを争わなければ気のすまぬお方であられます。承れば「新古今和歌集《しんこきんわかしゅう》」の撰《せん》も、御自分で一首一首吟味されねば御心に叶《かな》わず、当代きっての歌詠み、定家《ていか》の卿《きょう》も、これでは撰者などあってもなきが如しだ、と慨嘆されたそうではございませんか。

あまりにも歌の入替がはげしく、歌集の完成を祝う竟宴《きょうえん》の日に、清書も間にあわぬ有様で、さらに竟宴の果てたのちまで、蜿蜒《えんえん》と切継《きりつぎ》が行われたとか。定家の卿が、

「出入掌をかえすごとし」

と言われたという噂は鎌倉にまで伝わってまいりました。と申しますのは、その難物の「新古今」が思いのほかに早くこの地にもたらされましたからで……。じつは、

院の仰せには、「清書が間にあいかねます」などと文句をつけた定家の卿御自身が、これはなんと、年のうちに将軍家に献上されましたので……。

このあたりが、定家の卿のぬけめのないところでございます。院の仰せには眉《まゆ》をしかめても、鎌倉の王者には、せっせと好意を押しつける。それも将軍家の御人徳――とは申しますまい。おおどかなお人柄が、他人目《ひとめ》には利用しやすく見えただけのことでございます。定家の卿は以来、将軍家の歌の師になられますが、御文の往復の折には、御所領の地頭の不法などについてのお口添を頼むこともお忘れにならなかったということでございますから……。

将軍家におかれては、幼な児のような素直さで、「新古今」をおよろこびになり、以来お歌の詠み口まですっかり変られる御有様。本歌どりこそよけれと教えられれば、

「こうもあろうか」

と、中の七文字ほどを入れかえて、本歌そっくりにお作りになって、いっこうに恥ずかしとも思召《おぼしめ》さぬ御様子。無邪気と申せば無邪気この上もないことでございます。

将軍家を組しやすしと思われたのは、定家の卿だけではございません。院も、歌の道へのいざないと見せて、かなりの御無理を押しつけられたやに伺っております。いずれ御所領内の地頭改易などのことかと存じますが、この折の将軍家の御返事が、まことにお人柄そのものとしか言いようのないものでございました。

地頭改易のことは、もとよりお断りになられました。さしたる罪過なくして改易のことあるべからずとは、御父頼朝《よりとも》公以来のお定めでございますから。そして多分、その砌《みぎり》のことでございましたでしょうか。例の、

「山はさけ海はあせなむ世なりとも……」

の御歌を院に奉られましたのは。幼な児のような素直なお作。甲羅を経た歌つくりには真似のできぬ御歌でございます。なみの歌心の持主には、こうまで大仰なもの言いは気恥ずかしく、とうていできるものではございませぬ。

お断りと、この手放しの忠誠をしめす御歌に、院は戸惑われるよりも先に、

「言の葉のみは大仰な」

と、むしろ御不快をかくそうとはされなかったそうな……。とりわけ歌の詞《ことば》にきびしい院が、あの御歌に鼻白まれたのも無理ないことでございます。したが、ありていに申さば、将軍家のお胸の中では、お断りとあの御歌とは、何の不都合もなく混りあっていたのでございますまいか。

古《いにしえ》より、天地《あめつち》をも動かすは歌の功徳と申します。源三位《げんざんみ》頼政《よりまさ》公の故事を引合いに出すまでもなく、歌の功徳によって幸を得、または罪を許されることはしばしばでございました。将軍家は、その故事をふまえたおつもりではなかったか——と申し上げるのは差出たことでございましょうか。じつは将軍家御自身罪過に処せられるべき臣下

を歌の功徳によって宥免《ゆうめん》遊ばされたことも何度かおありでございましたから。

例の和田《わだ》合戦、鎌倉じゅうを火の渦に巻きこんだ戦いでは、都育ちの右京など生きた心地も致しませんでしたが、あの合戦に先立って鎌倉では、おだやかならぬ事件が続いておりました。あれはたしか二月の半ば、安念法師《あんねんほうし》とやらが捉《とら》われ、謀叛《むほん》の企《たくら》みが露見したことがございました。何でも将軍家の御兄君、二代将軍頼家《よりいえ》さまのお忘れ形見を奉じて、鎌倉に攻め入り、将軍家をはじめ北条御一族を失いまいらせる企みであったとか。驚いたことには、鎌倉でその人ありと知られた和田義盛《よしもり》どのの御一族やら、名ある御家人衆が、その一味に加わっておられました。

義盛どのは、いうまでもなく侍所《さむらいどころ》の別当。御家人の進退を一手に握るお方、その一族までが加わっておられたというのは容易なことではございません。果たしてその一族の御赦免のお話がこじれて、義盛どのみずから兵を挙げられ、鎌倉はじまって以来の大がかりの戦さが起きたわけでございますが、私の申し上げたいのはそのことではございません。

お取り調べをうけた謀叛人の中に渋河刑部兼守《しぶかわぎょうぶかねもり》という者がございました。いよいよ明日は斬罪と事の定まりましたその日、多少歌のたしなみのある兼守は、ひそかに十首の歌を詠じて、御所にも近い荏柄天神《えがらてんじん》の社前にこれを捧《ささ》げたそうなにございます。翌朝これを将軍家のお前に持ってまいった者がございましてね。それを見るなり、

将軍家はお眼に涙をうかべさせられ、

「刑部の過ちは赦《ゆる》してやれ」

と仰せられ、たちまち兼守は死罪を免れました。これぞ歌の功徳、それにしても将軍家のおやさしさよ、と鎌倉では感じ入らぬ人はございませんでした。

え？　どのような歌かと仰せられるのでございますか。おほほほ……一々覚えているほどのものではございませんでした。そうでございますとも、将軍家が感じ入られたのは、歌のよしあしについてではございません。死に臨んでおのが潔白を神に誓い、歌を捧げるといった物語にもありそうなことが鎌倉でも行われたことをおよろこびだったのでございます。そしてそのとき、まず何よりも、歌に免じて罪を許してやれる御自分に満足を感じておられたのかもしれませぬ。

左様でございます。都ぶりは、鎌倉でもこのように大手をふってまかり通るようになったのでございます。そしてその頂に、将軍家はおいで遊ばした、というわけでございまして……。

まあ、お笑い遊ばしますのですか。つくり話じみていると？　まるで稚児《ちご》じみた遊びではないかと？　そうでございます。都でもじつを申せば、歌の功徳で命びろいをするようなことは、めったにございません。あるとしてもおおかたは作り話でございます。が、都を離れ、それにあやかろうとするものは、ときとしてその物語をそのままやってみなければ気のすまないものでございますよ。都では肩をすくめ、しのび笑いを洩《も》らしながらの意地悪な噂話を、まことと受け止めて、そのままやってみる、それが鎌倉でございます。

ま、まだお笑いでいらっしゃいますか。したが、鎌倉というところを、そのような愚にもつかぬところと思召すのは、いささか御思慮が短いというものでございます。種明しをいたしましょう。渋河刑部兼守の御赦免は、じつはぬかりなく仕組まれた狂言ごとなのでございます。兼守にはいろいろ親類縁者もございましてね、北条どのへのわたりをつけるもの、歌を書かせるもの、荏柄天神に奉るもの、それをわざと拾うもの、それぞれ役廻《やくまわ》りもきまっておりまして、つまり、何事も御存じなかったのは、将軍家だけだったというわけでございまして……。

はい、将軍家は鎌倉でたった一人の絵に描いたような都びとでおいででございました。幼な児のようなお方、と申しあげましたのは、そのことでございます。ま、私、何も悪口を申し上げているつもりはございませんので……。

ただ、その都ぶりが、まことの都でそのまま通じましたものやら否や……。「山はさけ……」のお歌では、将軍家おんみずから渋河刑部の役を引き受けられたわけでございますが、そのようなやりとりには飽きております都びと――とりわけ院御自身の御心をそれほど揺り動かし奉ったかといえば、前に申し上げた通りでございます。都びとになられた将軍家を、まことの都びとは、ついにそれと認めなかったわけでございまして……左様でございます、都びとにとって、ついに将軍家は異国《とつくに》びとでございました。たとえ、大臣、大将になられましても……。

御存じでいらっしゃいますか？　あのお鼻の大きい慈円《じえん》和尚さまが、将軍家を評して、

「ヲロカニ用心ナクテ、文ノ方アリケル実朝ハ、又大臣ノ大将ケガシテケリ」

と仰せられたとか。摂関の家に生れられた和尚さまには、鎌倉の将軍が大臣、大将になられるのも不当であり、それゆえこそ大臣、大将にふさわしからぬ死を遂げた、と見られたのでございましょうか。さりとても「ヲロカニ用心ナクテ」とは、手きびしいお言葉ではございませぬか。しょせん都びとは、将軍様を、同じ人種《ひとだね》の連《つら》には数えていなかったのでございます。はい、いかに歌を詠まれようとも、歌に感じて罪を赦されるおやさしい将軍家であろうとも……。

思えば、御不運なお廻《めぐ》り合せ、としか言いようがありませぬ。溺《おぼ》れるほどの愛を注ぎかけられるお身内の女房衆のお心のうちなど眼もくれられず、相手にもしてくれぬ都の公家《くげ》づれに、しきりに顔を向けられているということは……。そしてその不釣合いな御生涯が、いたましい御最期を招いた、と申しては言いすぎでございましょうか。したが、右京にはそう思われてなりませぬ。もし将軍家のお眼の注ぎ方が、少しでも

違っておりましたなら、たとえば、母御、阿波局がたの糸のもつれぐあいに、少しでもお気をとめられておられたら、あのようなことになったやらどうやら……と思うのでございますよ。

四

三人の女房衆の間では、もはやこのとき、一つの戦いが終っておられました。まず、敗《おく》れをとられたのは牧の方でございます。都から御台《みだい》さまをお迎えになられたことで勢いづかれ、その御母代りのように振る舞われたのが災いのもとでございました。尼御台や阿波局の御兄弟にあたる北条義時《よしとき》どのに睨《にら》まれ、謀叛の疑いをかけられ、鎌倉の地を追われておしまいになりました。

謀叛？　ほほほ……、牧の方にとってそれがいかに似つかわしくないものか、御推察にまかせます。したが、鎌倉というところ、事につけて謀叛の、陰謀のと言いたてねばおさまらぬところでございましてね、この折も牧の方は、都においでになる娘婿の平賀《ひらが》朝雅《ともまさ》どのを将軍にしようと企まれたということで斥《しりぞ》けられました。それにはそれなりの事情もあることでございますが、私には、牧の方の——めっそうもない、というお叫びもわかるというものでございます。謀叛どころか、あの方は将軍家の御台所を推したて、その母代りをつとめ、ゆくゆく御台さまに御子さまでもさずかりました折には、次の将軍家までわが手に抱きこもうというお胸のうちだったのでございますから……。

尼御台も阿波局も、そのあたりは百も御承知の上で、その心根が気に染まぬゆえの、御継母追い落しでございます。が、本音はちくりとも口になさらずに謀叛呼ばわりなさる——これが鎌倉というところのやり方でございます。

しかも尼御台方のおそろしさは、このとき牧の方の御夫《おとこ》、北条時政どの——つまりお二人の父君にあたる方をも、事のついでに鎌倉を出て頂こうと、あっさりきめてしまわれたことでございましょう。たとえ、実の父君とても、牧の方に操られておわすのは目障り、とばかり、御退陣を迫らせるお肝の太さ、さすが、鎌倉の女房衆はちがうものでございます。が、これも、思えば、将軍家いとしの御心からなされたことにほかなりませぬが。

もうそれ以後は、お二人と義時さまと、がっちり身辺を固められての幕府の御政治、まさしく乳母どのと御生母と、手に手をとってのわが世の春でございました。そもそも、この将軍家のお生れになったとき、乳母は阿波局ひとりと定められたことが、ご運の開け初めでございます。はい、二代将軍さまは、乳母が多すぎました。それもいずれ劣らぬ力ある御家人衆、それだけに、われが、われが、と内輪もめも多かったとか承っております。しかもその中に北条家ゆかりの乳母どのはお一人もなし、これでは、二代将軍さまの御運が尽きるも当り前でございます。はい、乳母の執念ほど、世におそろしいものはございませんから……。

かくて将軍家は母君、乳母どのに護《まも》られての閑日月、いよいよ、ぬくぬくと歌作りに励まれた、というわけでございまして……。

したが、もし——。

甲斐《かい》もないことでございますが、右京はひそかに思うことでございます。

——もし御台さまがお子さまに恵まれておいででございましたら？……すれば将軍家もあのような御最期はお遂げにならずともすんだかもしれませぬ、もっとも、お子さまがお生れになればなったで、乳母の奪いあいでまたもや小むずかしい事になったかも存じませんが……。

ともあれ、将軍家御成人後、尼御台の御心労はそのことでございました。四代将軍は誰にしようぞ、と、これも将軍家のお身の上を思えばこそでございます。

一人お眼に叶《かな》いましたのは、二代将軍家のお忘れ形見、善哉《ぜんざい》どのでございました。只今《ただいま》の将軍家かわいさの余り、二代将軍さまをお退けなさったものの、尼御台さまは、心ひそかに、そのことを悔いておいでだったのではございませんでしょうか。お忘れ形見の善哉どのを、それはそれはおいつくしみになり、ゆくゆくは将軍家の御あとつぎに、と思召《おぼしめ》したこともあったかに伺っております。

いえ、これは私ひとりの思い過しではございません。善哉どのはのちに将軍家の御《ご》猶子《ゆうし》になられておいででございますから……。

が、そのことには、大きな障りがございました。それを言い出されたのは、北条義時どのでございます。ご存じの通り、二代将軍さまは北条氏と仲がお悪く、伊豆《いず》に追われ、そこで何やら非業の御最期。とすればそのお忘れ形見の善哉どのが将軍になられた折には、いかように北条氏を御成敗されるやもしれぬ。

と、まあ、これは表向きのことでございまして、口には出されませぬが、もう一つの大きな障りは、善哉どのの乳母のことでございました。

善哉どのの乳母は、御家人三浦義村《みうらよしむら》の内室。いえ、そのお人柄がどうの、ということではありませぬ。その夫、義村こそは、鎌倉きっての切れもの、さすがの北条義時さまも、うかつに手の出せぬお相手でございました。

いってみれば、北条、三浦は犬猿の仲、それでありながら、そうと気づかせぬは、義村の、もの恐ろしいところでございます。面をあわせれば、とろけるようににこやかに、尼御台も、これにはうかつにもたばかられておいでのようでございました。

義村は、まことは和田義盛どのの御一族。されば、過ぐる和田合戦の砌《みぎり》には、第一番に和田方へ馳《は》せつけることにきまっておりましたのに、戦さのはじまる直前に、義

盛どのを裏切ったは、

——いやいや、軽挙はなるまい。善哉どのの御先途に望みをかけよう。

との魂胆からであった、とは、その砌の鎌倉方の噂でございました。

——そのような恐ろしい乳母夫《めのと》に養われた善哉をあとつぎに据えることは、みすみす北条の滅亡を招くようなもの。

と考えられたは、義時どのか、尼御台か、阿波局かは知りませぬが、何やらおあとつぎのお話は立消えとなり善哉どのは御落飾、公暁と名をかえられ、都へ仏道の修行にお発《た》ちになりましたが、都でも何かと素行おさまらぬお噂も耳に入り、尼御台は、とうとうお手許《てもと》にお呼び戻しになられました。このお方に鶴岡八幡宮の別当職をお与えになられましたのは、しかるべき座につけて御心をなだめようというお考えだったそうでございます。

あの賢い尼御台の千慮の一失。いえ、それは後になって言えることでございます。鶴岡の別当としては、それこそ妙手中の妙手と誰もがうなずいた次第でございました。鶴岡の別当と申さば、将軍に優るとも劣らぬ御格式、しかも尼御台の眼の届くところにおいておこうと思召したからではございませんか。それと申しますのも、みな将軍家のため……。左様でございます。女は思いつめると、どのようなこともいたします。それが、極まれば、慧《さと》くもおろかにもなるものでございます。え？　それが恐ろしいと仰せられるのでございますか、おほほほ……。

が、将軍家は、この間の尼御台やら阿波局の、この物狂おしいまでの御心づかいを、さして気にもとめておられない御様子でございました。はい、左様で……。母君や乳母どのは寄ってたかってお世話するもの、そして将軍家は黙ってそれをお受けになるもの――。と、まるで、それが前の世からの定めでもあるかのように、まかせきりでいらっしゃいました。

「何事もよろしいように」

そう仰せられるお声を、右京も何度伺いましたことか……。え？　張りあいがない？　いいえ、どういたしまして、そう仰せられると、伺った方はいても立ってもいられず、わが身の血を絞ってまでも何かして差しあげねばいられなくなる、といった感じのお声でございましてね。もっとも、御台所さまだけは、そのようなお気持には、ただの一度もおなりにならなかったようでございますけれど、おほほほ……。

その後でございます、尼御台が、わざわざ上洛《じょうらく》遊ばされて、本院の皇子《みこ》のうち、お一人をおあとつぎにと御所望なさいましたのは……。本院のお傍には、坊門家の姫君もおいで遊ばしますし、御縁つづきのよしみを持ち出されるには、何かと都合のよろしい事もあったかと存じます。そのお話、ほぼ本院よりも御内諾ありしとか、尼御台も、ひそかに胸を撫《な》でおろされたかと存じますが、これもひとえに将軍家の御身の上と思えばこその御奔走でございました。

かように何事も義時どのやら、母君、乳母どの任せ、ただおおどかに歳月を過すうちに、将軍家は、いつのまにか、左大将に、そして右大臣にまでお昇りになってしまったのでございます。そして、そのまま、おっとりと、「その日」をお迎えになってしまったのでございますよ。

五

雪が降っておりました。そのゆえか、いくら時が過ぎても、闇が地の底まで沈んではまいりませぬような夕闇でございました。

雪景色の中でお送り申し上げた将軍家、いや、右大臣さまの黒い束帯姿が、ひときわおみごとでございました。もともと骨太な、武骨なお体つきでございます。お歌のやさしさから、色白の痩《や》せぎすのお方を思い浮かべられるかと存じますが、まことは母御に似た東育《あずまそだ》ち、祖父君の時政どのの赫《あか》ら顔も少しは受け継いでおられました。

その右大臣さまが、いかめしい束帯姿で、いささか面映《おもは》ゆげに立っておられますのを、尼御台さまは、惚《ほ》れぼれと眺めておいででございました。晴れの右大臣さまの拝賀のお式でございます。都からは、御台所《みだいどころ》の御兄弟の大納言《だいなごん》坊門忠信《ただのぶ》さまやら、多くの公家衆《くげ》がお下りでございまして、御所より八幡宮まで、御徒歩《おかち》にても何程の道のりでもございませんのに、そのお行列のものものしさが、また前代未聞でございました。御出発は酉《とり》の刻。戌《いぬ》の下刻には、そろそろお戻りでもあろうかとお噂申し上げておりますその矢先でございます、耳を疑うような知らせが届きましたのは……。もう、今さら申し上げるに及ばぬかもしれませぬ。

——右大臣さま、御落命……。

何のことか、私にはとんとわかりかねることでございました。やっと事の次第に気づいて、御台さまのお傍に走ったことだけしか覚えておりませぬ。もう御所じゅうが、わあんと鐘を撞《つ》いたような響きの中にまきこまれておりまして……。中でひときわ耳に響きましたのは、尼御台と阿波局の悲鳴にも似た叫び声でございます。お二人とも手をとりあい、身をよじっては泣き、泣いては伏しまろぶという御有様、お傍の女房たちが、いかにおなだめ申し上げても、いっかなお手を放そうとはなさいませんでした。

が、奇妙なものでございます。悲しみのきわみに立たされますと、人間はふしぎと笑い話じみたものに、眼が逸《そ》れてしまうのでございましょうか。まもなく、私は、お傍衆がこまねずみのように走り廻《まわ》りながら何やら呟《つぶや》いているのに気づきました。聞けば、眼を皿のようにして、あたりを見廻しております。

「お髪《ぐし》、お髪」

「まあ、何と遊ばされたのでございます」

伺いますと、お傍衆の一人はやっと立ち止まって声をひそめられました。

「将軍家のお髪をお探ししているのです」

「まあ、なぜに」

そのお方は、いよいよ声をひそめられました。

「お首をとられておしまいになりましたので、そのお代りに、お柩《ひつぎ》の中へ入れませんと、五体不具の障りがございますので」

奇妙な思いでそれを聞きました。今まで、源氏《げんじ》の血をうけた方々の中に非業の死を遂げられた方は、あまたございます。お首なしで葬られた方も多くていらっしゃるはずですのに……。ともあれ非常の際ゆえ、手早く御遺骸《いがい》を葬ってしまわれたいのでしょうが、この期に及んで、格好をつけようがために、お首の代りを見つけるのに血眼になるなど、どこか、まわりの方も狂っておいでです、そしてそのことが、悲しみのさなかというのに、ひどく滑稽《こっけい》なことのように見えてまいりました。

やっと笑いをこらえながら、私は申し上げました。

「お髪なら、今日御理髪に奉仕した公氏《きんうじ》どのにおたずねになられましたら？」

聞くなり、そのお方は、手をはたとうたれました。

「そうそう、それを忘れておりました」

挨拶《あいさつ》もそこそこに、

「公氏、公氏どの」

走ってゆかれるお姿が何やらおかしく、笑いをこらえるのに苦労いたしました。お髪の方は側近の公氏がお削《そ》ぎした何本かを、屑入《くずい》れから拾い出して献上したとやら、まこと将軍家の御遺髪やら何やら、そこのあたりはさだかではございません。もっとも翌朝になりますと、もうまことしやかに、

——将軍家は、お形見として公氏にお髪を賜わっていたそうな。どうやら、この日あるを御存じであったらしい。

という噂がひろがっておりましたから、後になっての言い訳は何とでもつくものでございます。

はい、事のあらましがわかりましたのは、夜もあけてからでございます。右大臣さまを殺《あや》めまいらせたのは、やはり公暁どの。さてこそ、と人はうなずきあった次第でございましたが、このような肝の太いお企《たくら》み、一人ではようなされるものではありませぬ。そこはそれ、乳母《めのと》が夫《おとこ》の三浦義村としめしあわせての、大ばくちでございました。

このとき、公暁どのと義村は、右大臣さまに続いて、お傍におられた義時どのをも

倒すつもりであったとやら。左様でございましょう。そうなくては、鎌倉での天下はとれるものではありませぬゆえ……。

したが、何たる義時どのの運強さ、危うく事に気づいてその場をはずし、お館《やかた》へ馳《は》せ戻られたので、この企みも水の泡。それと知るや、さっと公暁どのを裏切って知らぬ顔をきめこみ、わが館を目ざして雪の中を歩いて来られた公暁どのを己《おの》が手の者に殺させたとは、さすが義村は曲者《くせもの》でございます。まこと公暁どのの口を封じれば、何のあとかたも残りませぬゆえ。はい、北条どのもこれには手も足も出ず、公暁どのを打果たしたに免じて、その先の詮索《せんさく》は打ち切り……。そうでございます。まことの謀《む》叛《ほん》の起きました折には、それを言いたてることはいたしませんで、口をぬぐって知らぬ顔——それが鎌倉というところでございます。

ともあれ、尼御台の苦心のお心づかいは、すべて裏目に出て、思いがけないこの有様。まことめぐりあわせとは、おかしいほどにふしぎなものでございます。

え、そのときの御台さまの御様子を、と仰せられるので？　まあ……あの、それを申し上げねばなりませぬか。では……ここだけのお話とお聞き棄て下さいませ。

じつは、この大騒動のさなか、おひとりだけ、常日頃とお変りあらせられなかったのは、御台さまだけでございました。私がお前に馳せ入り、かくかくと申し上げましたとき、

「まあ……」

ただ、そのように仰せられたのみにて……。

何をお考えであられたか、しかとはわかりませぬ。が、右京は、見てしまったのでございます。その折、御台さまの御頰に、何やらほのかな、おんほほえみに似たものが、ちらと浮かんで消えましたのを……。

二十数年従いまいらせた右京の眼に、よもや見誤りはないと存じますが。いえ、それとも、瞬時の御放心が、御口許《くちもと》の笑みと見えたのでございましょうか。はい、それが見誤りであった、と右京も思いたいのでございますが……。

したが、こうして都に帰ってまいりまして、さまざまのお噂を伺うにつけ、右京はあの折の御台さまのお顔を思い出してしまうのでございます。承れば、あのころ、何やら都では本院さまのお企みにて、ひそかに右大臣家調伏《ちょうぶく》のお祈りが行われていたということではございませぬか。うわべは親しげに歌を詠みかわされても、しょせん右大臣さまをまことの都びととはお認めでなかった本院のなさりそうなことでございますこと。

御台さまはそれをご存じだったのでございましょうか、もしやあの折下向された兄君の忠信卿《きょう》のひそかなお耳打なりとあったとすれば、あの御微笑も合点がゆくというものでございます。いや、それとも、素知らぬていにて尼御台の狂おしいまでの御執着ぶりを眺めぬいての果てのおんほほえみ……とすれば、やはり女は恐ろしいものでございませぬか、おほほほ……。

もし右大臣さまが、あのようにすべてをお任せきりになさらず、おあとつぎについても御自分の御裁量でおきめになっておられればかような仕儀には立ち到らなかったであろうものを——と、これは甲斐《かい》ないことでございます。ともあれ、尼御台やら御台さまやらにかこまれた将軍家は、まことお幸せであられたや否や、この右京にもわかりかねることでございます。

土佐房昌俊

一

異様な熱気が渦まいていた。

その熱気が……。はた、と静止した、というより、奇妙なすぼまりかたをした。ある種の期待はずれと拍子ぬけ。土佐房昌俊《とさのぼうしょうしゅん》が気負いこんで口を開いたとき、評定の席に連った人々の反応は、まず、そんなところであった。

「言ってみればだな」

評定がはてた後、帰りしなに、ある男は仲間にこう囁《ささや》いたものだ。

「大巻狩りをやって、何百人もの勢子《せこ》が獲物を追いつめる。大物だぞ、大物だぞ、めったにとれない大鹿だ、それっ！　と皆が気合いをいれたとき、とんだ場ちがいの穴熊が、のこのこと顔を出した、というようなもので」

首をすくめながら、相手もうなずく。

「うん、まあ、そんなところだ」

「そういえば土佐房の面つき、どこか穴熊に似てないか」

「よせよ、そりゃあ、かわいそうというもんだ。あいつ、根は気のいい奴なんだから」

「そうだとも、気がよくて、一本気で」

「しかも正直一徹」

「ああ、正直の上に何かがつく」

「また、それをいう」

「まあ、あいつじゃなくちゃ、やれない芸当だて。案外、鎌倉御所きっての大忠臣かもしれぬ」

「ほ、こんどはいやに褒めるな」

無責任な笑い話にしてしまったが、たしかに今日の評定は、鎌倉御所はじまって以来の、容易ならぬ大問題をかかえた、熱っぽい激論の連続であった。

激論のもとは、鎌倉御所、頼朝の弟、九郎判官義経《くろうほうがんよしつね》である。その年——元暦《げんりゃく》二年(文治《ぶんじ》元年)の春、平家《へいけ》を壇《だん》の浦《うら》に亡ぼし、武勲赫々《かっかく》たる彼は、直後に、鎌倉の総大将である兄の頼朝と全く不仲になってしまったのだ。

その九郎をどうするか?

それが今日の頼朝の面前での大評定の議題だったのである。

九郎は捕虜になった平家の総大将、宗盛《むねもり》をつれて、都からやって来たが、腰越《こしごえ》で押し止められ、鎌倉の中には入れてもらえなかった。さまざまのやりとりがあった後、遂《つい》に兄との対面を許されないまま都に帰らなければならなかった九郎は、ごうを煮やして言ったものだ。

「今度の合戦だって、誰のおかげで勝ったと思ってるんだ。だいたい、この鎌倉にだって、兄貴のことをうらんでいる奴は、ごろごろいる。そんな奴らは、みんな俺について来い！」

あとでそれを耳にした頼朝は、

「うぬ、広言吐きおって」

先に九郎に与えた平家の旧領を、そっくり取り上げてしまった。

このとき、二人の戦いはすでに始まった、といっていい。それから三か月、都からしきりに九郎謀叛《むほん》の情報が伝えられるいま、二人の間に前からもやもやしつづけたものを、この際断ちきってしまおうというのが、今日の頼朝の面前での会議だったのである。

その意味では、結論は半ばきまっていたようなものだった。が、そこへ行くまでに、会議はかなり揉《も》めた。議論のための議論がくりかえされ、人々がいらだち、異様な興奮が渦を巻きはじめたそのとき、土佐房昌俊は、突如、口を切ったのだ。

といっても、別に奇想天外のことを口に出したわけではない。

「判官（義経）どのを討ちまいらせる役を」

彼は言い出して、一座の中央に坐《すわ》った頼朝を見つめた。

「この土佐房昌俊にお言いつけ下されたい」

言いきったとき、一座は妙にしんとなった。それを追いかけて起ったかすかなどよめきは、賞賛のそれではなくて、

――これは意外な……。

気ぬけのした、白けた笑いを含んだざわめきであった。

いわば千両役者の登場を、かたずをのんで見守っていたところへ、間ぬけた顔をした端役が、急に代役を名乗って出て来た、とでもいったらいいだろうか。本人がやたら気負いこんでいるだけに救いがたい。劇的な大ドラマが一瞬にして茶番劇に代ってしまったことがいささかいまいましく、後味の悪い思いを抱きながら席を起《た》った人々は、先の二人ばかりではなかったはずである。

もっとも、無責任に笑いとばしている人間ばかりがその場にいたわけではない。昌俊とかなり親しい篠田五郎元季《しのだごろうもとすえ》などは、この結果に、少しばかり気重いものを感じている一人であった。

二

――あいつ、言いおったな。

頭の中で、昌俊の言葉を反芻《はんすう》してみる。

判官どのを討ちまいらせる役を、この昌俊に……。

――よもや、あそこで、奴が言い出そうとは思わなかったな。

それだけに、気が重いのである。

――あいつ、また、例によって、お調子に乗って……。

ついと眼をあげると、当の昌俊が、屈託のない顔をして突立っている。

「あ、昌俊」

格好の悪い芋さながら、でこぼこした頭の昌俊は、ひどく上機嫌でうなずく。

「御苦労だな」

それしか言いようがないのだが、昌俊は、五郎の気の重さなど全く気づいていないのか、

「やあ、やあ、どうも」

まだ先刻の興奮のさめやらぬ口調で答えた。その陽気さが、むしろ気がかりで、肩

をよせると、

「おぬし」

五郎は声を低めた。

「判官どの追討のこと、前から考えていたのか」

「いいや」

ひどくあっさりと昌俊は答えた。

「しかし、五郎、誰かがやらなきゃならんことだよ」

「そりゃそうだ」

「とすればだ。ああなった以上、あそこで誰かが言わなければならんことだ」

「そりゃ、ま、そうだ」

たしかに昌俊の言うとおりであった。結論はきまっていたような会議ではあったが、この日、いざ蓋《ふた》をあけてみると、議論はかなり曲折した。慎重論もいくつか出た。

「やっと平家を亡ぼし、世はおだやかになった。都では、人々は鎌倉殿のおかげで戦乱がおさまった、と思っている。それを半年経つか経たぬかのうちに、また兵を動かすのは……」

「そうよ、案外、都の思う壺《つぼ》かもしれぬからな。御所さまと判官どのを争わせて、高見の見物して、疲れた所を見計って、などとな。すれば、ここでは一思案が肝要」

しかし、こんな会議での慎重論は、むしろ急進派を刺激し、油をそそぐ役を果たすものである。俄然《がぜん》、評定の場は色めきたった。

「ほう、それでは、このまま放っておけというのか。御所さまの御威光がふみにじられてもいいというのだな」

「いや、そんな事はない。ただ、大局から見て、兄弟垣に相せめぐのは……」

「何が大局だ。そんなことを言ってぐずぐずしているうちに、判官はますますつけあがってしまうぞ。何しろ、院の御寵愛《ちょうあい》は判官にあるのだから」

鎌倉側には危機感がある。義経は上洛《じょうらく》して後白河院《ごしらかわいん》に接近しているが、頼朝は鎌倉を動いていない。とすれば、院がどちらの言を信じ、どちらに加担するかは明白である。悪くすると義仲《よしなか》や平家の二の舞で、追討の宣旨《せんじ》をくらうかもしれない。

それでもまだ結論を出しかねて議論が揺れている折も折、

「問題をしぼろう」

やや、不快げな野太い声が起った。

「要は判官どのを許すのか許さないのか、ということじゃないのか」

そうだ、そうだという声が、かなりの御家人の中から起った。その瞬間、御所の空気は、にわかに緊張した。

「判官どのが無礼だの思いあがっているというだけなら、見過しもしよう。が、あのお方は、御所さまの御命令に、真向から違背している。そのことはどうなのか。それをそのままにしておくのか、どうか」

そうだ、そうだという声がまたしても応《こた》えた。一座の雲行きは容易ならぬものになって来た。

評定の空気を一変させた九郎の命令違反とは、一年前、彼が頼朝の許しを得ないで検非違使尉《けびいしのじょう》に任官したことだ。以来その官名をとって判官《ほうがん》どのと呼ばれる九郎なのだが、これは、それほど高い官ではない。都の警備に当る役所の三等官だから、都では花形扱いされる役どころではあるが、さりとて、頼朝にそねまれるほどのものではない。

しかし、彼の任官が報じられたとき、頼朝はあからさまに不快の色をかくさなかった。というのは、九郎のこの所行のうちに、発足間もない鎌倉体制の存立をおびやかすような大問題がひそんでいたからである。

頼朝は、東国武士団が木曾《きそ》義仲討滅に上洛するに際し、朝廷へ、

「恩賞は一切私の方からまとめて申請いたします。それからお与え下さるよう」

と申し入れ、また武士団に対しても、

「勝手に朝廷から恩賞をもらうな」

と一本釘《くぎ》をさした。これも別に頼朝自身が恩賞を左右し、いい顔をしようというの

ではない。そうしなければ大兵団を組織し統制できない、という、いわば関東《かんとう》武士団内部からの要求が、彼をしてそういわしめたのである。もっと小むずかしくいえば、これが恩賞権の確立であり、封建時代を発足させる基本的条件のようなものだった。東国武士が賞罰を頼朝の手にゆだね、一つの統一体として組織されることによって、あきらかに古代社会とは質的に異なる中世社会が生れるのである。

いわば、東国武士団は、革命的ともいうべき新しい一歩を踏み出していたのだ。しかし九郎はその事を深く考えなかった。軍事的には天才的な才能を持つ男だが、都に育ち、のちに奥州藤原《おうしゆうふじわら》氏に身をよせていた彼は、東国武士団の論理を理解できなかった。政治的感覚の欠如、といってもいいだろう。褒美をもらうことの意味より、その晴れがましさに目がくらむのは、今でもあることだが、革命軍の副将軍ともいうべき彼が、旧体制側の勲章に、いそいそと手を出したのは、大きな失点といわねばならない。

しかも悪いことに、九郎が任官すると、鎌倉武士の中から、これにならうものが、ぞろぞろ出た。頼朝の命令に一応服していたとはいえ、正直のところ泥くさい東国の武士にとって、都で官職を貰《もら》うことは、夢のような光栄だったのである。彼らはその誘惑をはねのけられるほど、理性的心情の持主ではなかったのだ。

頼朝はこのとき激怒した。日頃もの言いおだやかな彼に似ず、前後不覚に興奮し、

「なにィ、鼠みたいな目をしやがって、あいつが兵衛尉《ひょうえのじょう》だと」

「え、奴もか。大阿呆《あほう》めとは思っていたが、案の定だ」

一人一人を、口ぎたなく罵《ののし》った。あげくのはてには、

「ようし、それならもう鎌倉へ帰ってくるな。みんな朝廷に仕えろ。もし帰って来たら命はないぞ」

とまで言いきった。叱りとばされたのは、みな有力御家人の子弟だったから、本人や父親はあわてふためき、額を土にすりつけて、

「どうぞ、命ばかりはお助けを」

泣きを入れて、やっと許してもらった、といういきさつがある。昨日の御所の評定の席で、

「九郎を許すのか、許さぬのか」

と言い出したのは、実は彼らだったのである。

——俺たちは、あの件ではひどい目にあっている。では、判官どのはどうなのだ。

九郎も鎌倉に来たとき、一応釈明はしている。のんきな彼は鎌倉の中へ入れてもらえないとわかって、はじめて驚き、弁明状をさしだしたが、そのときも、事の重大性が本質的にはわかっておらず、

「任官することは、わが家の名誉じゃありませんか」

などと書いて来た。御家人が反撥《はんぱつ》したのはこのためである。

――ふん、それであやまったつもりか。

――俺たちが、どんなに油をしぼられたかわかってないんだな。

そして、そのことは、微妙に頼朝にはねかえってゆく。

――あのまま放っておくとは、御寛大な。

――御兄弟だとかくも違うのか。

その不満が、今日の評定の席での発言に連っていることは、誰にでも察しがつく。九郎にこと寄せて、頼朝批判を彼らは暗にやってのけたのである。それと知って、

「まあ、まあ、そういきり立たず」

頼朝の顔色を窺《うかが》いながら、長老格の武士がなだめにかかったが、いったん、くすぶりかけた火は、むしろよけいにかきたてられた。

「ほう、俺たちの言うことが、まちがっているとでも仰せられるか」

「いや、左様なことは」

「なら、この際ここで……」

頼朝は、わざとその場の空気に気づかないような顔をしていた。それが彼のような立場にある人間の、もっとも安全な保身の術だということを彼は知りぬいている。皆に言いたいだけ言わせ、周囲の長老に、苦労してとりまとめにあたらせ、その結論だ

けを、いとも楽々とつまみあげる。そういう天性だけは、みごとにそなえている頼朝だった。

しかし、今日の評定はそううまくは行かなかった。九郎の問題を論じると見せかけて、頼朝につきつけて来る白刃が鋭すぎた。揉《も》みに揉んだ末に、やっと結論だけは、九郎追討ときまったものの、およそ頼朝の期待していたとは別の雰囲気が一座にはかもされてしまっていたのである。

と、なると、その先がまたむずかしかった。

――さしあたって、誰に追手を命じるか。

そこに議論はしぼられたが、これがなかなか、思惑やら体面がからんできまらない。九郎の戦さ上手は誰もがよく知っている。うかつに追手を引き受けても、仕損じでもしたら、面目丸つぶれである。いや、それだけではない。さっきから妙に議論がこじれて、みんなが喧嘩腰《けんかごし》になってしまったので、その苛立《いらだ》ちが、ますます話をもつれさせるのだ。一人が誰かを押せば、ほかの人間が嘲笑《ちょうしょう》まじりにそれをやっつけたり、またまた一座は異様な興奮にまきこまれてしまった。土佐房昌俊が口を開いたのは、まさにその昂《たか》ぶりが、最頂点に達したときだったのである。

三

——たしかに。

五郎はうなずいた。

昌俊の発言は、その場の空気を一変させた。うまく相手の足をひっぱりながら、自分は役廻《やくまわ》りを逃れようといった駆け引きに熱中していた連中は、なかば、あっけにとられて昌俊の顔をみつめていたではないか。

——あのままでゆけば、御所さまもお困りになったに違いない。

九郎は討つべし、ただし誰もゆくのは嫌、ということがはっきりしてしまえば、あとに残るのは責任のなすりあいだ。たとえ諸豪族のうち、誰が指名されたとしても、あとにはしこりが残るだけだ。

——いったい、どうなるんだ、これは。

会議じたいがどうにもならない暗礁に乗りあげた瞬間、名乗りをあげたのが昌俊なのである。今まで討手の大将として候補にあげられた有力豪族に比して、その十分の一の力もない一御家人が場ちがいに登場して来たことに、人々は一瞬鼻白んだ。

——なんだ、あいつが行くと？

妙に気ぬけのした失笑に近いものが、小波《さざなみ》のように一座を通りぬけた。

——この男に、何ができるというのか。

——こいつ、気がおかしいんじゃないか。

緊迫した評定の席は、何やら奇妙な茶番劇に変りかけていた。

もっとも、肩怒らせて登場した昌俊だけは大まじめに、頼朝をみつめている。

頼朝は例によって、あまり感情を外へ表わさない。長年の流人生活の修練のおかげである。昌俊の顔を見るでもなく見ないでもなく、しばらく無言だったが、ややあって、そのぼってりと厚い唇を開いた。

「ゆくか、昌俊」

「はっ。もしお言いつけ賜わらば、昌俊一代の面目」

「よかろう」

ゆっくり頼朝はうなずいた。

「九郎追討はそちに命じる」

「はっ、有難きしあわせ」

昌俊が平伏するのを、人々はいささか白々しい面持で眺めていた。

——なあんだ。こんな事だったのか。

先刻までの白熱した議論が馬鹿らしくなってくる。そうした感慨を持ったという意味では、昌俊と親しい篠田五郎も例外ではなかった。

「いや、まったく」

六尺豊かの怒り肩の昌俊をみつめて、彼は、言った。

「あのとき、そなたが、あんな事を言い出すとは、思いも寄らなかったよ」

昌俊は、歯ならびの悪い口もとを大きくゆがませて、

「そうか、お前もそう思ったか、わっはっは」

愉快そうに笑った。

「いや、じつは俺だって、ほんの少し前までそんな気持はなかったんだ。しかし、評定の有様を見てるうちにな、胸糞《むなくそ》が悪くなって来てな」

「ふむ」

「あいつら、日頃は大名面して威張ってやがるが、肚《はら》が据わっとらんのよ。やれ、お前ゆけ、いやこなたが、なんのと言いくさって、つまりは行くのが嫌なんだ」

それはたしかにそのとおりだ。

「判官どのは名うての戦さ上手だ。負ければ手前の名に傷がつく。はい、やられました、とおめおめ鎌倉へも帰れまいというので尻込《しりご》みしてけつかるのよ」

「おいおい、声が大きすぎるぞ」

五郎は袖《そで》をひいた。まだ御所のあちこちには、評定の席に連った大豪族が残ってい

るはずである。が、昌俊は意気軒昂《けんこう》たるものだ。

「なあに、かまうもんか。俺はほんとのこと言ってる。な、そうだろう、五郎」

「う、む、む」

「俺はな、御所さまが何やらお気の毒になった」

「…………」

「つまり、みんなわが身がかわいい、本気で御所さまのことを思っている奴は一人もおらんと、な」

「それで、俠気《おとこぎ》を出したってわけだな」

昌俊はうれしそうに鼻をうごめかした。

「五郎、そう思ってくれるか」

「ああ」

「うれしいぞ、五郎。一人でも、俺の気持をわかってくれる男がいれば、俺は満足だ」

「いや、誰だって、そなたの奉公の誠には感じいっている」

昌俊は黙って、うん、うん、というふうにうなずいた。

「いや、それでこそ鎌倉武士だ。まあ。武運を祈るぜ」

「ありがたい。まあ、力いっぱいやるさ」

「相手は何しろ判官どのだからな。せいぜい作戦を練って――」

「作戦？　そんなものはないさ」

わっはっは、と彼は笑いとばした。

「ただ、全力をぶつけるだけよ」

と、ますます勇ましい。

「出発はいつだ」

「明後日ということになった」

「そりゃ急な話だな」

「なあに、明日一日あれば支度は十分だ」

むしろ楽しげな口調である。

二人は肩を並べて御所を出た。

昌俊の館《やかた》は、御所からさして遠くない。南の大門を出て、さらに南西へ歩き、畠山《はたけやま》とか、三浦、北条、といった大豪族が館を並べるあたりを通りぬけた、侍屋敷の一隅にある。その築地《ついじ》の近くまで来て、五郎は立ちどまった。

「武運を祈る。また明後日、見送りに来る」

「それはかたじけない」

「切斑《きりふ》の矢のいいのがある。後で届けさせよう」

「それは何よりだ」

じゃあ、というふうにあごをしゃくると、昌俊はごつい体をゆすりながら門内に消えた。それを見送りながら、五郎は何か、心に残るものを感じている。

――あんなふうにはげましてしまったが、それでよかったのか、どうか。

一本気で、いささかおっちょこちょいでもある土佐房昌俊が、一座の空気に興奮して、がらにもない事を言い出してしまった、ということは、傍で見ていた自分にはよくわかる。

考えてみれば、昌俊は到底九郎と太刀打ちできる相手ではない。それを九郎追討を買って出るなど、正気の沙汰《さた》とも思えない。一座の誰でもがそう思い、目ひき袖ひきしていたではないか。友達甲斐《がい》として、

――やめろよ、今なら間にあうぞ。

そう言うべきではなかったか。

しかし、昌俊は、あの通り、意気揚々としている。下手に言いだせば、

「俺を馬鹿にする気か」

手がつけられないことになるかもしれない。あれほど気負いこんでいる相手には、やはり、ああいうよりほかなかったのではないか。

――それに……。

小山のように盛り上った昌俊の後姿を見たとき、ふと、五郎は、景気のいい正義論のほかに、いま昌俊が両の肩に背負っているものに気づいたのである。

四

土佐房昌俊は荒くれ法師である。

すでにこれまで、度々の合戦に従軍もしている。木曾攻め、一《いち》の谷《たに》の戦さから始まって、中国《ちゅうごく》、九州《きゅうしゅう》へと転戦した。強い弓をひくし、打物取っての立ち廻《まわ》りにも負けた事はない。すでに年は盛りをすぎていたが、刀を棄てての組打ちにも、まず、相手に組みしかれるということはなかった。

が、不運なことに、度々の合戦に、彼はとうとうめぼしい敵に遭遇することがなかった。もともと下野《しもつけ》国に、猫の額ほどの所領はもっていたものの、ついにその領地は、とり立てて増えもせず、他の連中が、めざましい恩賞にありついて、見る見る大領主にのしあがってゆく中で、ひとり、ちっぽけな領地にしがみついていなければならなかったのである。

当時の武士の論理はきびしい。生命をかけて敵を倒し、その恩賞として領土をもらう。つまり生命とひきかえの土地である。一所懸命という言葉も、そこから出たわけだが、逆にいえば、生命をかけた働きをして、はっきりした手柄をたてなければ、絶対に土地はもらえない。勇猛の聞えのある昌俊が、戦乱の終えたいま、依然として、しがない小領主にとどまっているのは、つまり、手柄を立てる機会にめぐりあわなかったためである。そしてそのことが、彼をいささか辛《つら》い立場に追いこんでいることも、また事実であった。

昌俊には、年若い妻がいる。頼朝に従って鎌倉に居を定めてから貰《もら》った小月《おづき》というその妻との間には、やがて男の子も生れた。下野にいる昌俊の老母も呼びよせて、まずは年に似あわぬ楽しげな新生活が始まったわけだが、さしたる手柄もたてなかった年の違う夫に、小月はひどく不満なのだ。

「なんだい、力持ちだの打物とってひけはとらないだのって言っておきながら、何の手柄もなかったじゃないか」

ずけずけと夫をののしる。

「そりゃ仕方がない。うまい敵にめぐりあわなければ、手柄というものは、たてられんもんだ」

昌俊も、若い妻の前では、たじたじである。

「ふん、きっと手柄をたてる、大きな恩賞にもあずかって、らくな暮しをさせてやるっていうから、いっしょになってやったんだよ。なのに、何さ、いつまでたっても、

「同じじゃないか」

「ま、そういうな、時の運だ。いたしかたない」

「どじなんだよ、あんたは。熊谷直実どのの話を知らないの？ あのお方はね、一の谷のとき、味方をだしぬいて、暗闇の中を子息の直家《なおいえ》どのと二人で突走って、一の木戸で一番乗りをしたっていうじゃないの。やろうと思えば、どんな所にだって手柄のたねは、ころがってんだよ」

戦いというものを知らないだけに、小月は手きびしい。いや、そういう機会《おり》はめったにないんだ、と昌俊が説明しても、げんに直実が、と、ふた言めには、小月はそれを持ち出す。それでも、

「まいったな、そなたには」

にこにこして腹も立てないのは、娘ほど年の違う小月に、昌俊が、ぞっこん惚《ほ》れているからである。小月がいきり立てば立つほど、

「ほい、また、わやくを言う」

駄々をこねる子供でもなだめるようにするのだが、それがまた小月のかんにさわるのだ。

「まるめこまないでよ。そんな手にはのりませんからねっ」

「怒った顔がまたかわいい」

「冗談じゃありませんよっ、もう戦いはすんじまったじゃないか。もう恩賞をもらえるしおもなくなっちまった」

それから、老いた姑《しゅうとめ》にあたりちらす。

「ほんとに、あんたの息子は腰ぬけで。まあ、このチビが、親父に似なきゃいいけど」

とうとう老母は鎌倉の館にいたたまれず、下野の領地へ逃げ帰ってしまった。

その小月の前に、この日昌俊は、大手をふって戻って来た。

「おい、小月、喜べ、出陣だ」

「出陣？」

小月はいぶかしそうな顔をした。

「また合戦が始まるの」

「いや、合戦ではないが」

今日のてんまつを手短に話し、

「というわけで、俺が判官どの追討の役を仰せつかったのだ」

小月はしばらく返事もしないで、昌俊の顔を見守っていたが、やがて、

「あんたってひとは」

吐き出すように言った。

「どこまで要領が悪いの？」

「何と？」

「判官どのを討つですって、まあ……」

鼻先で小さく笑った。

「討てるはずがないじゃないの。あんな戦さ上手なお方を」

「そりゃ、やってみなければ、わからないさ」

「やらなくたってわかってるわ」

容赦もなく言った。

「だから、誰も私がやります、なんて言わなかったのよ。それを自分から名乗り出るなんて、まあ……」

「しかし、小月」

なだめるように昌俊は言った。

「手柄をたてる好機だぞ。もう戦いの時代は終った。とすれば、今を措《お》いてはない」

日頃、そなたの言い続けた「機会」がついに来たのだ、と言うと、

「そんなの、ちっとも、手柄の好機じゃないわ」

小月はにべもなく言った。

「あなたに判官どのが討てるもんですか。もし返り討ちになったらどうするの」

「そのときはそのときだ。手柄というものはな、小月、命をかけなければ、わがものにはならない」

「わかってますったら」

小月はしだいにふきげんになった。

「でも、もしもの事があったら、私たちはどうなるの」

「え？」

「この子だってまだ小さいし」

「……………」

「あなたは、ちっとも、私たちのことを考えていないのね」

びっくりしたように昌俊は小月をみつめた。

「いや、俺は……。そなたたちを思えばこそ、申し出たのだ」

「だめ、だめ」

駄々っ子じみて、小月はしゃくりあげた。

「そんなこと言ったってだめ。あなたは、やっぱり、私たちの事考えてないのよ」

途方にくれたように、昌俊は泣きじゃくる小月を眺めていたが、やがて、いささか重々しく言った。

「心配するな、きっと判官どのを討って帰って来る」

出発の朝、篠田五郎は、御所で昌俊と顔をあわせた。

「いま御所さまに御挨拶《あいさつ》をして来た」

昌俊は晴ればれと言った。

「八十騎手勢を授けて下さった」

「ほう、それは豪儀な」

小領主昌俊にしてみれば、これほど多くの部下を率いての出陣は初めてのことであろう。

「ただし表立った出陣ではないのでな、姿をやつしてばらばらになってゆく。これも御所さまの御指図だ。俺には熊野《くまの》詣《もう》でをよそおってゆけと仰せられた」

それから、肩を寄せ小声になった。

「恩賞のほうもな、御内示があったぞ」

「ほう、どこを」

「下野の中泉 荘《なかいずみのしょう》だ。おふくろが下野にいることを御存じでな。子供も幼かったな、と仰せられてな」

「一荘を賜わるとは大したもんだ。いや、それに匹敵する大任だからな」

いささか照れたように昌俊はにやりとし、急に思いついたようにさらに声を低めた。

「ただし、小月にはまだ内密にしておいてくれ」

「いいとも」

恩賞のすばらしさを、凱旋《がいせん》したところで自分の口から妻に語ってびっくりさせてやろうというつもりなのだろう。それだけ言うと、じゃあ、といつものようにひどくあっさりと言い、体をゆすりながら、昌俊は御所の門外に消えた。

五

昌俊の一行が都へついたのは、七日後、文治元年十月の半ばである。頼朝の命令通り、熊野詣でを装って都入りした昌俊であったが、着くより早く、九郎側に化けの皮を見破られていた。検非違使という、洛中《らくちゅう》警備をまかされている役だけに、情報を集めるのはすばやく、都についた翌日、早くも武蔵坊弁慶《むさしぼうべんけい》が、昌俊の宿所をたずねて来た。

「ほう、これはおなつかしい武蔵坊どの」

昌俊は愛想よく迎えいれた。

「よく私の上洛《じょうらく》がおわかりで」

「都の事で、我等の耳に入らぬものはない」

凄味《すごみ》をちらつかせて弁慶は言う。

「ところで、和僧の上洛について、何の知らせもなかったが、判官どのの御館《やかた》には参上せぬおつもりか」

「はあ、実はこの度の上洛は、私事《わたくしごと》でござってな。念願の熊野詣でを致さんがために出てまいった。よって御挨拶にもまかり出ませんでしたが、左様、これはやはり、参上した方がよろしいようで」

弁慶の後について、のこのこ六条堀川《ろくじょうほりかわ》の九郎の館へ出かけてゆき、大仰な身ぶりで手をついた。

「判官どのにはお障りもあらせられず……」

「そなたのおかげでな」

「何と？」

「そなたが何もせぬうちは、まず、こちらも太平楽というわけよ」

「はて、何のことでございますかな」

「白ばくれるなよ」

「いや、いっこうに」

「ふん、なら、鎌倉よりの御言伝《ことづて》は？」

「別にございません。何しろ私は物詣での旅でございますからな」

「そうではなかろう」

九郎はにやりとした。

「鎌倉の兄から、この九郎を討てと言いふくめられて出て来たに違いあるまい。俺の目は、決して節穴じゃないぞ」

「これはしたり」

昌俊は一膝《ひとひざ》進めた。

「この度の上洛は私事《わたくしごと》の物詣でございます。もし、どうしても御不審とあらば、起請文《きしょうもん》を書いてお目にかけまする」

「こりゃ面白い。書けるものなら書いてみろ」

「では、御免」

昌俊は、何のためらいもなく、起請文をさらさらと書いた。

「拙僧のこの度の上洛は偏《ひとえ》に熊野参詣《さんけい》のためであって他意はございませぬ。まして判官どのを討ち奉るなどという大それた願いは全く懐《いだ》いてはおりませぬことをここに誓います。もしこれに相違ある場合は、上は梵天《ぼんてん》、帝釈《たいしゃく》、四天王《してんのう》……知る限りの神仏の名をずらりと並べ、

「これらの部類眷属《けんぞく》の神罰、冥罰《みょうばつ》をたちどころに蒙《こうむ》るべき者なり」

一気に書くと、

「よろしゅうございますかな、これで」

九郎や弁慶に見せ、

「さて、これを火にかざして焼きます。恐れ入りますが燭《しょく》を」

火にかざして起請文を焼き、その灰をかきあつめ、ひょいと、口にほうりこんだ。

「うっ、ふわっ、ふわっ」

あまり急いでのみ込んだので、のどにつかえて目を白黒させていたが、やっと唾《つば》を呑《の》みこみ、にやりと笑った。

「さ、これでお疑いも晴れましたろう」

長居は無用と、急いで座を起《た》った。

宿所へ戻った昌俊は、

「やれやれ、ひどい目にあった」

言うなり、ごろりと横になった。

「判官どのもさるものよ。俺たちのことを、ちゃんと嗅《か》ぎつけておられる」

「ほう、もうですか」

部下は、いささか心細げににじり寄って来る。

「心配するな。金輪際判官どのに異心をいだくような事はございません、と起請を書いてたぶらかして来た」

「起請を?」

むしろ気味悪そうな顔をしたのは部下のほうである。

「大丈夫ですか、そんなことをなさって。罰があたりませんか」

「なあに」

手枕をしたなりの姿で、こともなげに彼は言った。

「かまうものか、嘘も方便よ。ともかく、あの場を切りぬけるには、それより仕方なかった。あんな所で手討ちにされたらかなわんからな」

ゆっくり、腹這《はらば》いになると、

「何としてでも、この際、判官どのを討たねばならぬ、討って鎌倉に帰らにゃならぬ、え、そうだろう」

何やら最後は自分自身に言いきかす口調になった。

が、二、三日都で様子をさぐるうち、これが容易ではないということが、しだいにはっきりした。都における九郎の威勢は、思ったより大変なものなのである。後白河法皇の所へは入りびたりだし、町を歩けば、

「九郎さま、九郎さま」

都の誰彼が、たちまち寄って来る。

「ふうむ、こりゃ事だぞ」

昌俊は腕を組んだ。ぐずぐずしていたら、かえって、こっちが籠《かご》の中の鳥のように

なってしまう恐れがある。

「ともかくも、やることだな、すぐに」

ばたばたと討入りの計画を樹《た》てた。たしかに今はそれよりほか手はなかったのだが、例によって昌俊らしい荒っぽいきめ方であった。

「そなたは表、そなたは裏、いいか一度に攻めるのだ」

夜がふけてから、八十人の手勢は、ひしひしと、九郎の館を取りかこんだ。幸い闇にまぎれての彼らの行動は誰にも気づかれなかったらしい。息をひそめ、築地《ついじ》にへばりつき、一人一人、ひらりと中へ飛びこむ。

「さあ、こっちだ。俺が知っている」

長刀《なぎなた》をひっさげて昌俊は先に立った。しのび足で庭を横切り館に近づく。内部ではまだ外の物音には気づかないらしい。まさに、われ奇襲に成功せり、である。

中門から庭へ廻《まわ》り、そして裏門と計画どおりの人数を伏せ、

「いいか、それっ」

一度に喊声《かんせい》をあげさせた。

「おう、おう、おうっ」

「それっ、戸を蹴《け》やぶれっ！」

先鋒《せんぽう》が大戸に体あたりをしようとしたそのとき、音もなく、中から戸が開いた。

「ややっ!」

ひるむ攻め手の前に姿をあらわしたのは、緋縅《ひおどし》の着背長《きせなが》をつけた九郎その人であった。

「待っていたぞ、昌俊」

かっと眼を見開いて、昌俊を睨《にら》みつけた。

「討てるものなら討ってみろ。夜討、昼戦さ、どうかかって来ても、討たれる九郎ではないぞっ!」

言い終らぬうちに、中から弁慶をはじめ側近の精鋭がくり出して来た。

「ぐわっ」

声にならない叫びが飛びかい、血がしぶく。またたく間に、あたりは凄惨《せいさん》な修羅場に変った。

「ぐあっ」

「うおっ」

昌俊も動物に近いおめき声をあげて駆けずり廻っている一人だった。とうてい指揮をとっている余裕はない。九分通り夜襲に成功したと思っただけに、不意をつかれた衝撃が大きかった。

——討たねばならぬ。

――判官を討たねばならぬ。

気ばかり焦っても、今は敵の刃先を防ぐのがやっとである。目の前にいたはずの九郎の姿はとっくに見失っている。攻撃側は一瞬にして崩れたち、浮き足だってしまった。

「逃げるな。逃げてはいかん」

声をからして叫ぶが、どうやら、周囲の味方の数はどんどん減ってゆく。

「逃げるな、逃げるな、というに、あっ！」

びゅうんと唸《うな》りをたてて耳もとをかすめた太刀先を危うくかわしたが、血しぶきがまともに目にかかった。それも自分のものか他人のものかもわからない。

――判官を……討たねばならぬ。

が、もう遅い。味方の敗北は歴然としている。

――もうだめだっ！

昌俊は身をひるがえすなり走った。宙を飛ぶように走った。この夜、夜襲に加わった八十余名のうち、七、八割は討たれてしまったから、その場を逃げ出せたというだけで、幸運だったというべきかもしれない。

が、何という要領の悪さであろう。昌俊が逃げこんだのは、事もあろうに鞍馬山《くらまやま》だった。

僧形の身をかくすのには好都合の場所と思ったのだろうが、鞍馬といえば、九郎が少年時代に過した山で、都でも一番九郎びいきの所である。そこへ逃げこんだのだから、十日もたたないうち、たちまち正体を見破られてひっ捕えられ、九郎の宿所に送られた。あの夜、討死してしまえばまだしも、最も不名誉な形で、昌俊は九郎の面前にひき据えられたのである。

生けどられたけものでも見るように、九郎は、しばらく黙って昌俊をみつめていたが、唇の端に薄い嗤《わら》いをのぞかせると、からかうように言った。

「御苦労さまだったな、昌俊」

がんじがらめに縄をかけられたまま、昌俊は、わずかに九郎から視線をそらせて、黙りこくっている。

「熊野詣《もう》での何のと、そちにしては、ありったけの知恵をしぼったのだろうが、まあ、化けの皮は、はがれるものさ」

「…………」

小山のような体は、何を言われようと、金輪際動くまいと覚悟をきめてしまったというふうに、びくともしない。九郎は九郎で、それを見ると、どうしてもからかわずにはいられないらしく、しきりに誘いをかける。

「おい昌俊、何とか言えよ、おい」

「この間は、あんなに愛想よくしゃべったじゃないか、そうそう」

いたずらを思いついた子供のように、にやりとした。

「昌俊、どうした。あの起請《きしょう》は？　どうやら罰があたったらしいじゃないか」

ゆらりと昌俊のからだがゆらいだのはこのときである。むっつりおし黙っていた頬に、じわじわと人のいい笑みがにじんだ。

「おお、起請な……」

ゆっくりうなずいて言った。

「あたりましたなあ、やっぱり」

たまっていたものを、一度に吐き出すように、

「それはそうでござろう。うそ八百を並べて書きましたゆえ、罰があたらぬはずがござらぬ。わっはっはっは」

天を仰いでおもむろに哄笑《こうしょう》した。九郎はなおも尋ねた。

「罰があたると知りながらなぜ書いた」

「その場を逃れとうて書きました」

「なぜに」

「命が惜しゅうござった」

「そりゃまたなぜに」

「この昌俊は」

言いかけて坐《すわ》り直し、きっと九郎をみつめた。

「鎌倉どののお言葉賜わり、判官どのの御命を頂戴《ちょうだい》にまいった。それを果たせぬうちは、めったに死にとうなかった」

「ほう」

はっきりした言葉に、九郎はいささか心を動かされたらしい。じっと昌俊の顔をみつめていたが、

「それは気の毒だったな。志を果たさぬうち、このていたらくになった。しかも、この九郎はまだ生きている」

「いたしかたもござらぬ。やろうと思って叶《かな》わぬことは世に多うござる」

昌俊から眼をはなさず、九郎はうなずいた。

「いい度胸だ」

「…………」

「鎌倉どののお言葉どおり、命を捨ててぶつかるとは、昌俊、なかなか見上げた心がけだぞ」

傍らの弁慶をふりかえり、縄をといてやれ、と言った。

「は？」

弁慶はいぶかしげな顔をした。

「よろしいのでございますか」

「うむ、俺が許す」

九郎は縄をほどかれた昌俊に言った。

「昌俊、今度だけは許してやろう。起《た》て」

が、昌俊は、縄にしばられていたときと同様、手を後に廻《まわ》したままじっとしている。

「命は助ける。鎌倉へ帰っていいぞ」

重ねてそう言ったとき、昌俊は、決然として首を振った。

「これは異なことを承わる」

「なぜに」

「判官どのより、命を助けて頂くわけにはゆきませぬ」

「ほ、それはまた……」

無邪気としか言いようのないような、ゆったりとした微笑を浮かべて、昌俊は言った。

「わが命、すでに鎌倉どのに奉っておりますものを……。いまさら何でとり返すなど
と」

九郎は口をつぐんだ。自分をみつめているはずの昌俊の目が、この世ならぬ何かにむけられているような気がしたからである。昌俊はまだ微笑している。

「もし、一片のお慈悲を賜わるとならば、一刻も早く御処刑を、いま昌俊の願うは、そのことだけでござる」

淡々とそれだけ言った。おっちょこちょいで恩賞にあくせくしていた昌俊とはあきらかに違うもう一人の人間がそこにはいた。目前に死をつきつけられたとき、昌俊の眼裏《まうら》をよぎったのは、小月の面影でもなく、まして篠田五郎のそれでもなかったはずだ。この単純な荒法師は、ぎりぎりのところに来て、ふしぎにも、みずからの生と死を見透す瞬間を持ち得たのである。

処刑が行われたのはその翌日。六条河原《ろくじょうがわら》で梟首《きょうしゅ》された。生前あれほど望んだ恩賞――下野国中泉荘は、彼がそれらと全く無縁な世界に足をふみいれてしまった後で、老いたる母と幼児に与えられた。

寂光院残照

一

あの方はいっておしまいになった。

それにしても、この緑の重たさ——思いがけない一日をすごした今は、いっそうの重みが、私の上にのしかかる。

木の芽どき、無言で幹をはいのぼり、あたりを押しつつんでくるその色の、不気味なまでの執拗《しつよう》さを、この寂光院《じゃくこういん》で春を迎えて、私ははじめて知った。それぞれの樹々が、せいいっぱい己れを謳《うた》おうとしているようないのちの芽吹きに、おびえ、うろたえ、思わず目をそむけたくなるのは、私たちが、ひとたびは命をすてた人間であるからかもしれない。

一年前、私たちは死ぬはずだった。源氏に逐《お》われ、小舟で西海を漂い、壇の浦の合戦のあの日、二位《にい》の尼君《あまぎみ》も、安徳帝《あんとくてい》も、建礼門院《けんれいもんいん》の御方も、そして私も、そろって身を投げた。そうするよりほかはなかったのだ。あらくれ武者に捉《とら》えられるよりも、水底《みなそこ》の浄土を——と祈って飛びこんだのだが、尼君と帝は沈み、女院《にょいん》と私は助けられてしまった。

一年たったいま、しきりにあのときのことが頭にうかぶのは、重たげな緑のかさなりの中に呑《の》みこまれそうなこの小堂宇が、ちょうど海の上を漂っていたあのときの小舟を思わせるからだろうか。

風波にもてあそばれるままの、頼りない船のくらし、薫《た》きしめるべき香もたちまち切れて、衣は垢《あか》づき、潮風に肌は荒れ、眠るにも眠られない日々だった。

が、それでも、そこには人間の声があった。いたいけな幼い帝《みかど》の明るい声は別としても、総帥宗盛公のややどもり勝ちの細い声や、あふれるばかりの闘志をむき出しにした、たくましい能登守教経《のとのかみのりつね》どのの声などが入りまじって私たちをとりまいていた。教経どのなどは、都で今様《いまよう》をうたっていたときよりも、ずっと生き生きしておいでだった。女院の御所に法皇がおわたりになって、好きでもない今様を強いられたりしたときは、ほんとうにつまらなさそうな、なげやりの調子でいらしったけれど……。またそんなときの法皇さまといえば、ほかのことは全く念頭にないような執心ぶりで歌いつづけておられたものだったが……。

思わずしらず、都の思い出をたどりはじめたそのとき、私は、ふいに、まごうかたなきその声を耳にした。

その声。

今様を歌っておられたその声が、突然近くにひびいたのだ。

――うそではないか。

そら耳かと思った。今ここに現わるべき方ではなかったからだ。が、その声は更に近づいた。

「ほほう、ここにか」

あの方――まごうかたなき後白河法皇の御声だった。

ほんとうにそのときまで、私の眼は何を見ていたのだろう。眼の前の緑におぼれ、盲《めし》いて、不意の来訪者を捉えることができなかったのだろうか。やっとわが眼で姿をたしかめたそのとき、一行はすでに門をくぐっていた。日ごろ派手ごのみの法皇に似つかわしくない小人数中に、それでも徳大寺《とくだいじ》実定《さねさだ》、花山院《かざんいん》兼雅《かねまさ》など、見覚えのある側近の顔を私は見出《みいだ》していた。

――ああ、ちっとも変っておられない、法皇も実定公も兼雅卿《きょう》も……。

ひと目見たときの思いはそれだった。が、法皇には私がおわかりにならなかったようだ。兼雅卿が近づいて来て、

「建礼門院の御幽居の地はここだな」

念を押すようにいわれたのに答えて、

「はい、思いもかけぬお渡り、もったいのうございます」

一礼すると、

「や、身を知ってか、そも誰ぞ」

兼雅卿の後から法皇は気軽に声をかけられた。横の張り出した異相に近い顔、平らな頭頂《ずちよう》、そしてこんなときによくお見せになられる好奇をさらけ出した眼も、ちっとも変ってはおられない。

「阿波《あわ》でございます」

ゆっくり答えたそのとき、私の心の中にはある期待があった。法皇の、その好奇にみちた瞳《ひとみ》に、なにかの変化が起るのではないか、というような思いが、である。しかし、

「なに、阿波内侍《あわのないし》だったのか、そなた」

瞬きされた法皇の顔にあらわれた変化は、およそ期待したものとは別のものだった。

ほほう……というように法皇は瞳をこらして私をみつめ、

「ちょっとの間に見忘れてしもうたわ」

無邪気ともいえる微笑をうかべられたのである。

緑の波の中にのめりこむような、息苦しい幻覚を味わったのは、このときである。

「女院はうちにか？」

そんな私に気づかないのか、気軽な調子を変えずにたずねられる法皇に、

「いいえ、いまはお出ましでございます」

私は口早に答えていた。うそではなかった。たしかに、そのとき、女院は後の山に花を摘みに行っておられたのだから。

が、それよりも。

法皇の無邪気な笑顔をみたときに、

――女院をお会わせしたくない。

ふいに、そんな思いが、私の胸の中をつきあげて来たのである。

二

なんとおそろしい笑顔か。

その無邪気とも見える笑みに、私はおびえた。今まで長く女院のおそばにいてかいま見奉っていた法皇という方を、このとき、私ははっきりとわかったような気がした。本来ならば、あの方は、私にそんな笑顔をお見せになるべきではなかったのだ（いや、お見せになれるはずはなかったのだ、というべきかもしれない）。

この数年間、平家一門が悲運にもてあそばれ、女院がいまここにこうしておられるのは、ひとつには、法皇御自身のせいでもあるのだから。

清盛《きよもり》公の死後、法皇は平家一門を見棄てられた。木曾義仲がおしよせて来たとき、一門ともども西国に行くとおっしゃりながら、最後の瞬間、身をひるがえして義仲の保護をもとめられたのだ。そして、その時から平家の転落ははじまったといってもいい。

明らかな平家への御裏切りである。もしもこのとき法皇が平家と行動をともにしておられたら、その後の世のうごきは、全く別のものになっていたに違いない。

もちろん清盛公の生前から、法皇との間がしっくりしていなかったのは事実だが、それでも法皇は平家にとって、縁の浅い方ではない。寵姫《ちょうき》のひとり建春門院《けんしゅんもんいん》は、清盛公の内室時子《ときこ》の方《かた》の妹君であり、この方と法皇との間の御子が高倉帝《たかくらてい》だった。しかもこの帝に清盛公の息女の建礼門院が中宮として入内《じゅだい》されて安徳帝をもうけられたのだから、法皇と平家は、二重にも三重にも結びついていたはずなのである。

が、最後に法皇は平家を見棄てられ、何のゆかりもない木曾義仲に、平家追討の院宣《いんぜん》さえ賜わったのだ。そして義仲の政治力のなさに失望されると鎌倉の頼朝の軍勢を招いて義仲を追い、今度はその請いにまかせてまたもや平家追討の院宣を下された。かつて平家に父を討たれた頼朝がこれを求めるのは当然のことだが、それにしても法皇はなぜそれを拒まれなかったのか。

が、法皇は私の心の中には、ちっとも気づいていない御様子で、庵室《あんしつ》の庭に抱かれ

た小さな池を眺めておられた。遅咲きの桜が二、三片、はなびらを浮かせているのをみつけられると、

「おお桜だ。思いがけなく、二度の花にめぐりあえた」

上機嫌でこうおっしゃった。

「それは何よりでございます」

私はひかえめにそう申しあげた。胸の中では、

――なぜに、なぜにでございます？

およそうらはらな、怒りをこめた叫びをあげながら……。

――都では、今までの平家一門とのよしみを思い、追討の院宣を否とする公卿《くぎょう》方も多かったと承っておりますのに、なぜ法皇さまは、院宣を賜わったのでございますか……。

このとき、平家一門は決して源氏に対して敵意を燃やしてはいなかった。人のよい宗盛公などは、

「源平《げんぺい》ならびたって朝廷にお仕えできればそれでいいのだ」

とさえ言っておられた。が、法皇は遂《つい》に平家追討に同意された。しかもこのとき、平家はだまし討ちのような目に遇《あ》っている。和議がととのいそうだから戦闘はひかえるように、という御沙汰《さた》を真にうけているうち、源氏の奇襲をうけて総崩れになった。

そしてその打撃から立ち直ることができず、屋島《やしま》、壇の浦と追いつめられ、二位の尼君も、建礼門院も入水《じゅすい》された。そして、法皇には御孫にあたる安徳帝も、幼い御命を断たれてしまったのである。

が、そのことについて、法皇は心の痛み、心の翳《かげり》というようなものを、ひとつも感じてはいらっしゃらないようである。

――そなた阿波内侍か、見忘れたわ。

とおっしゃったときの、無邪気な笑顔が、何よりの証拠ではないか。

「法皇はそういうおかたなのだ」

かつて私は兄の静賢法印《じょうけんほういん》がそう言ったことを聞いたおぼえがある。

「抜群の御記憶力をお持ちなのに、都合の悪いことは、きれいさっぱりと忘れてしまわれる。ま、それが王者というものかもしれないがね」

その言葉が今になってやっとわかったような気がする。

もともと私たち兄妹《きょうだい》は、平家の没落に先立ち、法皇にかかわりある一つの過去をもっている。私たちの父、信西《しんぜい》入道は、かつて法皇の無二の側近だった。若き日の清盛どの、源《みなもとのよしとも》義朝らをあやつって保元《ほうげん》の乱を勝ちぬき、のちの後白河時代の基礎を作ったのは父だった。が、その父は、平治《へいじ》の乱のはじめ、むざんな殺され方をした。殺したのは藤原信頼《のぶより》、法皇の寵臣《ちょうしん》――男色のお相手までつとめる男だった。

彼は柄にもなく権力を独占しようとして、まず父を殺したのだが、そのとき法皇はこの事情を知りながら、あえて父を救おうとはなさらなかった。

そうした過去を持ち、いま平家と運命をともにしてここにかくれ栖《す》む私に……、

「見忘れたぞ」

いとも無邪気にこう言うことのできる——法皇とはそんなお方なのだ。

そのお方が、なぜ突然ここにおいでになったのか。いったい何のために……。

それでいて、心の中のもどかしさにかかわりなく、私は、法皇に対してさりげない応対をつづけていた。

「ほほう、藤も山吹も咲いているな。鄙《ひな》には春が一度にやって来るとみえる」

「はい、何と申しましても山の中のことでございますゆえ」

「ほととぎすは啼《な》くか？」

「それはまだ聞いておりませぬ」

「うぐいすは？」

「一日啼いております。今すぐにもお耳にされますでしょう」

なんとそらぞらしいやりとり。人と人との交わす言葉のむなしさを、このときほど感じたことはなかった。

うぐいす？　ほととぎす？　そんなものはどうでもよかったのだ。私が知りたいの

は、今日突然山奥へ訪ねて来られた法皇の御心のありかだった。

　敗残のいのちをなおも生きつづける者へのあわれみのためか。それともおんみずからの手で非運に追いやった平家一門への懺悔《ざんげ》のためか……。いや、そうではあるまい。懺悔の心のある方だったら、先刻のような笑顔は、決してお見せにはならないはずだ。

　そこまで考えたとき、ふとおののきが胸をよぎった。一年前、敗れた平家の人々が、捕虜となって都入りしたときのある事件を、ふいに思い出したのだ。一門の総帥の宗盛公、故二位の尼君の御兄弟の時忠《ときただ》どの以下、かつて堂上に綺羅《きら》を飾った貴族たちが、みじめなとらわれ人となって車にのせられて都大路をひきまわされていったそのとき、法皇が物見高い人々の群にまじって車の中からそれをひそかに見物されたことを……。

　普通《なみ》の人には到底できないお仕打ちだ。かつて側近に侍し、ともに笑いさざめいた人々を、御自分の院宣によって窮地におとしいれ、さらにとらわれ人になった姿をこっそりごらんになるなどということは……。もし私だったら決してできない。どうしても相手に顔をあわさなければならない羽目に陥ったら、目を蔽《おお》ってその場から逃げ出してしまうにちがいない。

　が、法皇はそうされなかった。物珍しいものでも見るように、とらわれ人となった彼らをごらんになったのだ。

　いまの法皇がその時と同じ心でいらっしゃるとは私は思いたくない。が、もしそうだったら？

――無意味な応対を続けながら、私は、心の中が凍りついて行くような気がした。

それでは、あんまり女院《にょいん》がおいたわしいではないか。女院はいまひどく疲れておいでなのだ。死ぬべき御命を助けられて以来、日ごろ口数の少ないあの方は、ほとんど何もおっしゃらなくなってしまっている。

考えてみれば、この数年来、女院は御不幸つづきだった。運よく男御子をもうけられたのもつかの間、背の君高倉帝は年若くして崩御され、平家と法皇の間の溝は深まるばかり。そして清盛どのがなくなられてからというものは、坂道をころげおちるように不幸の中にのめりこんで行かれた。幼い帝をかかえられての都落ち、そしてはてには、その帝も、女院の生みの母君二位どのも、西海に沈んでしまわれた……。

法皇のお出《いで》が、すべてを失われた女院にとって何になろう。宗盛公をのぞき見されたほどの非情さはお持ちになっていないとしても、法皇の御心の中に、おんみずからの御所業を悔い、女院をおなぐさめする御心がない以上、むしろ会っていただかないほうがいいのではあるまいか……。

と、思ったそのとき、ふいに法皇は口を閉じられた。さすがにそらぞらしいやりとりに倦《う》まれた御様子で、鈍くひかる池の上をみつめながら、吐息をつくように、

「おそいな」

と仰せられた。

「ほんとうに――」

「どこまで行かれたのか」

ややいらいらした口調でたずねられる。

「後の山へでございます。仏前に供えられる花を摘みにおいでになりました」

「そんなことは誰かに命じられればよいものを」

「何しろ人少なでございますし、いえ、花摘みを遊ばすのも、お気をまぎらすにはかえってよいことかと存じます」

答えながら、私は、ふとあることを思いついて、しらずしらず、声をはずませた。

「もうお戻りになられるとは存じますが、私、ちょっとお迎えに行ってまいりましょう」

「そうしてくれるか」

法皇のお言葉が終らないうちに、私は立ちあがりかけていた。

――そうだった。私のほうからまず女院にお知らせすべきだった。そして女院がお目もじを嫌だとおっしゃったら、何としてでも法皇にお帰り願おう。いえ嫌だとおっしゃらなくとも、なるべくお会わせしないようにうまく計ってみよう。

こうなったら一刻も早いほうがいい。私はのめるようにして庵室《あんしつ》の庭に下りた。

が、ああ……やっぱり。

私はおそすぎたようだ。すでに大納言佐局《だいなごんのすけのつぼね》を従えた女院の黒衣のお姿は、緑の中に、はっきりうかびあがっていた。そしてやがて私は、予想しなかった光景を見ることになったのである。

三

最初法皇に気づいたのは、大納言佐局だった。

あっ、というふうに立ちどまった局は、一瞬女院の袖《そで》をひいた。が、女院が、庵《いおり》の中の人を誰と見定めるより早く、すでに走り出していた局は、

「法皇さまっ」

心のたかぶりが足をもつれさせたのか、庵室の入口で、倒れるようにひざまずいた。

「よくぞ、ここまで……」

あとは言葉にならず、嗚咽《おえつ》をこらえて顔を蔽った。

法皇は無言である。泣き崩れる黒衣の尼を、しばしいぶかしげにみつめられてから、

「佐局……か」

やや不確かなひびきをこめて仰せられた。

が、聞くなり嗚咽はさらにたかまった。

「も、もったいのうございますっ」

私のような者の名を……と黒衣の肩をふるわせながら、局はきれぎれに言った。それからはもうなかばうわごとだったといってよい。

「もったいない。こんな山奥まで御出まし遊ばされるなど……」

「夢、夢ではございませぬか」

「まあ、こんなむさくるしい庵に、万乗《ばんじょう》の君《きみ》をお迎えするなんて……」

「おそれ多いことでございます。私たちをよく覚えていてくださいました」

まるで少女のようにしゃくりあげながら、物に憑《つ》かれたようにくりかえす局を、私はあきれて見守るよりほかはなかった。

「ほんとうに、私、思っても見ませんでした。こんな山の中で、法皇さまのお姿をこうしておがむことができるなどとは……」

うっとりと言う局は、このとき、たしかに興奮のとりこになっていたに違いない。そうでなかったら、どうしてこんなことがいえるだろう。そもそも局のいう「むさくるしい庵」に、私たちが逼塞《ひっそく》しなければならなかったのは、いったい誰のせいなのか。それを考えたら、かくも手放しに法皇の御出をありがたがることはできないはずだ。が、局はそのことを忘れているかのようだった。思いがけない法皇の出現に気も動《どう》顚《てん》して、私たちをこの境涯におとし入れたのが、ほかならぬ法皇そのひとであることに、考えも及ばない様子だった。

船の上での苦しい生活のさなか、私は局が泣きごとを言ったのを覚えている。

「ああ、何の因果でこんなくらしをしなければならないのかしら。法皇さまも法皇さま、平家追討の院宣《いんぜん》をお出しになるなんて、あまりのお仕打ちじゃありませんか。まあ、考えてもごらんなさいな、平家一門がこれまでどんなにお役に立って来たか。お寺を作るのも、御所を修理するのも、あちこちへのお出ましにも、平家がお力添えをしなかったことはないのに……。それを落目になったからといって、追討の宣旨《せんじ》をお下しになるなんてひどすぎます」

が、いまの局の瞳《ひとみ》のどこを探しても、恨みの色は漂ってはいない。そんなことはさらりと忘れて、ただただ高貴の方のおそばにいられるというしあわせに酔っている局なのだ。

しかも、局の手放しの讃仰《さんごう》をうけられるうちに、法皇御自身の中にも、しだいに変化が起りはじめた。

落ちつきといったらいいだろうか。あるいは王者の傲岸《ごうがん》さといったらいいだろうか。尊敬や讃仰を受けなれているものが、その中に身をひたしたときにしめす、自信にみちたあの表情が、徐々に法皇の御頰にうかびつつあった。

考えてみたら、法皇のおいで以来今まで、私はそんなおもてなしのしかたをしていなかった。先刻、そらぞらしいやりとりに倦まれたと見えたのは、いつまでたっても大仰な畏敬《いけい》を示さない私への御いらだちであったかもしれない。

局の言葉は、法皇を住み馴《な》れた世界へお戻しした様子である。法衣を召したお姿が、むくむくと大きくなったようにさえ見え、ふとのぞかせた御微笑にも、重々しさが加わった。

「いつかは来てみたいと思っていたのだが、やっと来ることが出来た」

ゆったりとおっしゃる法皇に、

「そうでございますか、まあ……でも、ほんとうにあの山路をお越しなされて」

局は大げさに感嘆しつづけた。

「いやなに、そなたたちの顔を見られると思えばな、馴れぬ山路もつらくはなかった」

「まあ、もったいない……」

鷹揚《おうよう》にほどこしものをされるような法皇のお言葉、それにひたりきって感激のほかはない局。もうそこには、

——私たちをここへ追いやったのは、いったい誰なのか、

などという問いの入りこむすきはなくなっていた。

これでいいのだろうか――。

この方がここにおいでになったというそれだけで、かつてなさったことのすべてが水に流される――そんなことがあってもよいものだろうか。

いけない、いけない。ご自分の一枚の院宣のために、私たちがどれだけ苦しい思いをしたかをご存じないままに法皇さまをお返ししてしまってはいけない……。

私は心の中で叫んでいた。

が、佐局は、法皇の御来臨をいただいたというそのことだけで、もう有頂天なのだ。思いがけず戻って来た昔日の栄光に局は体のしんまで酔いしれてしまっている。

――いまはこんなにおちぶれてしまっているけれど、私はあの方々と別の世界の人間ではない。

局はそれに満足している。法皇のおいでは、それをはっきり裏づけてくださった。局はいま確実な保障を得たのである。こんな恵みを与えてくださった法皇に、いまさら何の恨みを言う必要があろう……。

局はそう思っているのにちがいない。その晴ればれとみちたりた顔を見て、私は、はからずも、局の心の淵《ふち》をのぞく思いがした。

法皇とか何々公、何々卿《きょう》とよばれる人々の傍にいて、その人々と口をきき、豪奢《ごうしゃ》な宴《うたげ》に侍《はべ》ること、それが局の生き甲斐《がい》だったのだ。その生き甲斐は、思いがけなく今日ふたたびみたされた。法皇が御帰りになった後でも、おそらく、今日の記憶は永久に局の心をあたためつづけるだろう。

が、それでよいのだろうか……。女院《にょいん》と生涯をともにして来た私たちは、いまこそ言うべきではなかったか。

——法皇さま、ごらんくださいませ、女院さまのお姿を……。

しかし、局はそうはしなかった。

——それでいいのか。それでは女院さまのお胸の中が、ますます苦しくなられるのではないか……。

何ともやりきれなくなってたちすくんだとき、ふいにあたりの緑が、ひえびえとして来たような気がした。そして緑を引き裂いて、瞬間、けたたましく笑い声を聞いた——と私は思った。

「お、何か——」

法皇もさすがにぎょっとした御様子である。

——ほ、ほ、ほ……。

狂ったように、あざけるように重たげな緑の空間をはじいてそれは消えた。

「たしかに一声……」

いいかけるのを抑えるようにして、後から静かな声が聞えた。

「さようでございます。ほととぎすでございます」

女院のお声だった。

四

黒衣に身をつつんだ女院は、ほとんど足音をさせずに近づいて来られた。

――あ、とうとうお会わせしてしまった。

私は息をつめた。おそろしい瞬間がやって来た、と思った。女院がいまどんなお気持でいらっしゃるか、そのお顔をみるのさえこわかった。

後白河法皇――女院の御舅《おんしゅうと》、そして亡き御愛子《まなご》、安徳帝の祖父君。そして、平家討滅の院宣にその手で署名された非情の王者。その院宣をふりかざした坂東《ばんどう》武者に逐《お》われて入水《じゅすい》までされた女院が、いまここでその方に向いあわれることは、あまりにもお労《いたわ》しすぎる。

――やはりお会いになるべきではなかった。

私は女院が今にも気を失ってしまわれるのではないか、と思った。

が、女院はほとんど無表情でいらっしゃった。平静な足どりで、法皇の前に進まれると、墨染の衣の裾《すそ》を美しく折敷いて、ゆっくり一礼された。その女院のお姿を見たとき、私は、ふと、女院が入内後《じゅだい》はじめて院の御所に御挨拶《あいさつ》にゆかれたときのことを思い出した。

濃い葡萄染《えびぞめ》の表着《うわぎ》に重ねたきらきらした金銀亀甲《きっこう》文様の唐衣《からきぬ》。作法通りに細いうなじを垂れて一礼なさったとき、ゆたかすぎる黒髪がひとすじ、はらりと頰にかかったものだが、いまはもうあのゆたかな黒髪は惜しげもなく切りすてられてしまっている。衣もすべての色を棄て去った墨染の一色。しかし、みつめていると、ふしぎと女院があのころそのままのように思われてくるのだった。

あるいは法皇も同じようなことを感じられたのではないだろうか。

「やや」

軽く一礼を返されると、まじまじと女院をみつめられた。

「障りはないか。思いのほか、すこやかに見かけるが」

「はい」

女院は言葉少なだった。が、泣いてはいらっしゃらない。まして佐局のようなとり乱し方は、全くお見せにはならなかった。

——ああ、女院さま……。

何ごとにも控えめで口数の少ないこの方がお見せになった凜々《りり》しさに、私は少しばかりほっとした。

うだった。

「変っておらぬな、女院は」

「そうでございますか」

相変らず女院のお答えは静かである。その静かさに、むしろ法皇はとまどわれたようだった。

おそらく――。

先刻の佐局の大仰なよろこびようを経験なさった法皇は、女院との邂逅《かいこう》にも、それに似たものを期待されていたのではなかったか。

――自分が行けば必ずよろこぶにきまっている。

王者らしい身勝手さで、もしそうお思いになっていたとしたら、法皇はかなりの誤算をお味わいになったことになる。そのせいだろうか。法皇は少しばかり御機嫌をとるような言い方をされた。

「どうかな、山里のくらしには、もう馴れたか」

女院はだまっておいでになる。あたかも、そのお言葉が聞えなかったかのように、法皇の顔をじっとみつめていらっしゃる。そのすみきった黒い瞳《ひとみ》の前で、法皇は、ちょっとたじろがれたようだった。

「このへんの冬はきびしいことであろうな」

「それほどにも……」

今度は答えられはしたものの、すぐ黙ってしまわれたので、法皇はまたもや話の継穂を失われた。

もともと口数の少ないお方なのだ。この十年余りの間、高倉帝の崩御の折も、父君清盛どののなくなられた折も、そして壇の浦の入水の折も、じっとこらえて何もおっしゃらないお姿を、私はそばにいて終始見つづけて来ている。

が、いまの言葉少ない御返事の中には、いろいろの思いがこめられているように私には感じられた。法皇の前にひれ伏し狂喜した佐局とは全く違う女院の思いが、である。

法皇はそれに気づいておられただろうか。もし、それに気づいていらっしゃらないとするならば、女院にかわってそれを申しあげるのは私の役目ではないか……。

いや、はっきりそう思ったわけではない。が、気がついたとき、私はもう法皇の前に一膝《ひとひざ》にじり出ていたのである。

「さようでございます。たしかにこのあたりの冬は都よりきびしゅうございます。が、女院さまの今までの御苦労にくらべれば、そのようなことは何でもございません」

「むむ……」

法皇は、ちょっと肩を退《ひ》くようにされた。

「木曾に追われての慌しい都落ち——馴《な》れ給わぬ田舎道を、牛車《ぎっしゃ》にゆられての数日間、多分御一睡もなさらなかったのではありますまいか」

——法皇さま、あのときは、一たびは共に行くと仰せながら、遂《つい》に私達をお見すてなさいましたけれど……。

そう言いたいのを、私はやっとこらえた。

「いえ、そんな御苦労はまだよいほうでございます。やがて陸を離れての船の中のおくらしの苦しさ。召しあがりものの数も次第に乏しくなり、やがて水もなくなりました。海の水は潮水、いくらまわりにたたえられておりましても飲むことができませぬ。水の中にあって渇きもだえる飢《け》渇《かつ》地獄——法皇さまにおわかりいただけましょうか……」

「…………」

法皇は言葉を失われたようだった。

「その苦しさに堪えかねて、気を狂わせてしまったお方もおいででした。都にもおられぬ、九州へもおられぬ、この海の上のくらしをいつまで続けろというんだ。——狂いに狂って、とうとう身を投げてしまわれました。故重盛《しげもり》さまの三男、清経《きよつね》どのです」

「…………」

「でも女院さまはじっと無言で堪えて来られました。あの壇の浦の入水の折にも…

…」

言いながら、私は舟べりで黙々とふところに石や硯《すずり》を入れておられた女院《にょいん》を思い出していた。

しかも幸か不幸か、女院は源氏の船にすくいあげられた。それ以来——生きることが、死よりもずっと苦しいということを刻々に味わいながら、ここまで来られたのだ。

——それだけの苦しみを与えたのはどなたです。そしてまた、ここまでおいでになって、何をいまさら女院におたずねになりたいのです。

私の言葉の中に含まれたそうした思いを、さすがに法皇は読みとられたらしい。

「そうだろうとも……」

ややまぶしげにうなずかれた。

「いや、わしも実は案じていたのだ。いろいろ辛《つら》いこともあったろうと思ってな」

——そうでございますか。では今日のお出《いで》は宗盛どのをのぞき見された時のように、私たちのくらしを見物にお出になったのではないのでございますね。

法皇に対して互角に口のきける人間だったら、私はきっとそう言っていたろうと思う。

法皇はなおも、女院の身を気づかうそぶりで、いろいろ尋ねられたが、女院のお答えは、いつも「はい」とか「そうでございますか」だけで、きわめて素気なかった。

法皇の親切めいたお言葉にも、ちっとも心を動かされる御様子がないのである。

が、それにも気がつかないのか、法皇は最後に所領のことを申し出られた。

「この寂光院に荘園を二つばかり寄進しよう。そうすれば日々の暮しもずっとらくになろう」

と。

「まあ、荘園を二つも！」

歓声をあげたのは佐局であった。が、相かわらず女院は無言である。せっかくの法皇のお申し出をよろこんでいる御様子はどこにもなかった。

――荘園を頂いたくらいで、これまでの苦しみは消えませぬ。

女院はそうおっしゃりたいのではないだろうか。私にはそんな気がした。もしそうなら、機会は今を措《お》いてはないはずだ。

――今こそ、女院は御心の中のすべてをおっしゃるべきだ。

私は息をつめた。が、まだ女院は無言のままだった。刻、一刻、重苦しい沈黙がすぎた。

「女院さま」

――荘園をおうけになるのか、それとも……。

そう言いかけて、その瞬間、私の唇はしかし凍りついてしまっていた。

――もしかしたら、もしかしたら……私はとんでもない思いちがいをしているのではないか。

物静かに法皇をみつめておいでの女院の瞳をぬすみ見たとき、名状しがたい混乱に、私はとらえられてしまったのだ。

その黒い御眼は、たしかに法皇をみつめていらっしゃる。が、静かに見開かれたその瞳の、なんとうつろなことか。そこにあるものが凝視に似て、底知れない放心であることに、私はやっと気づいたのである。

頭の中を何かが吹きぬけていった。

――十何年間身近にお仕えしていて、どうしてそのことがわからなかったのか……。ぞっとするほどの無関心と無感覚――それがこの方のすべてではなかったのか。激動の中で女院を支えて来たものは、じつにこの二つだったのだ……。

背の君高倉帝の崩御に始まって、女として考えられる最大の不幸をくぐりぬけて来られたのは、つまりその無関心さのために、不幸が女院の心の奥まで突き刺さらなかったからではないのか。女院は次々に起った事件の中を、ただすりぬけていらっしゃったにすぎないのだ。

これほどの不幸の中にあって、さほどおやつれにもならず、老けこんでもおられないのも、そのためなのだろう。命ぜられるままに帝《みかど》の側近に上り、御子を生み、一族に請われれば都を放れ、死を求められれば、すなおに死をえらぶ。

あの日黙々として石や硯をふところに入れておられたあの姿——さっき頭にうかべたばかりのその姿が、むしろ薄気味悪く、もう一度目の前にうかんで来た。

すべてに無関心ですごしてこられたこのお方が、いまさら何を法皇に申しあげるはずがあろう。なのに、私は女院に手前勝手な幻想をいだき、一人相撲を演じて来たのである。

「女院さま」

気をとり直して私はささやいた。

「荘園のことはどう遊ばしますか」

想像していた通りの答えが、静かに女院の口から洩《も》れた。

「よろしいように」

あっけなさすぎるそのお言葉だった。

「そうか、それではすぐにもそうさせよう」

法皇はすっかり御満足のていであった。ほどこしものをされたことで、いつもの自信をとりもどされたのであろう。

私はひどく疲れていた。十数年おそばにいて、女院のために怒り悲しんで来たことが、すべて徒労だったことを思いしらされて、もう口をきくのも辛かった。

そのあと、どうやって法皇をお送り申しあげたかもはっきり覚えていない。ただ帰りがけに、法皇はこうおっしゃった。

「女院のご日常はどうか。退屈してはおられぬか」

「いえ、ずっと経をお読みあそばしていらっしゃいますから……」

「そうか、それはいい。仏弟子となられたことはいいことだ。思ったよりも落着いておられるのはそのためであろう」

私は微笑した。もうそれ以上法皇にお話し申しあげる気力は失っていた。

法皇は満足げにお帰りになった。なぜ突然ここにおいでになったかよくわからないのだが、ともあれ、満ちたりた思いで法皇がこの庵《いおり》を立ち去ってゆかれたことだけは事実であろう。私の父信西、藤原信頼、そして平家一門、義仲、義経……かずかずの人間を側近に迎え、やがて棄て去られたあの方は、今度も女院のお顔を見ることによって、何ひとつの心の痛みも感じられなかったはずである。

佐局もまた深い満足を味わっている一人だった。突然よみがえった昔の栄光に興奮して、法皇のお帰りになった今も、何かを声高に話している。

そして女院は——。女院はいま何も感じてはおられない。法皇のおいでなどは、女院の御心には、何ほどの翳《かげ》も残しはしなかったのだ。お帰りになると間もなく、女院は無表情に日課の読経をお始めになった。ちょうど壇の浦で黙々と石をふところに入れられたように、いまはただ黙々と読経にあけくれておられるのだ。

法皇のお出ましは、いったい何だったのだろう。しょせん、人と人とのめぐりあいというものは、そんなものなのだろうか。

法皇がいっておしまいになったあと、庵室《あんしつ》を包む緑は、さらに重みを増して来たようだ。深々としたこの緑の壁の中では、明日も明後日も単調なくらしが続くのだろう。おそらく法皇は二度とここを訪れることはなさらないだろうけれど、佐局は今日のこの栄光を、後々までも語り草にするに違いない。そして女院は何もなかったように、無表情な御読経をおつづけになるだけだろう。

では、私は？

私もおそらく、今までどおり女院にお仕えしてゆくだろう。その御心の中のあるものを知ってしまった今でも、その重苦しい緑の牆《かき》の中にとじこめられたまま、私はこうして生きてゆくよりほかはないのである。

ばくちしてこそ歩くなれ

一

読経の声は、とっくにやんでいた。

「あれっ、仕様がないな、また」

障子をあけて舌うちする兄弟子の円長《えんちょう》の前で、稚児髷《ちごまげ》の少年は、

「すいません」

さほど悪びれた様子もなく、形ばかり首をちぢめると、

「でも、ほらみて下さい。ぞろ目ですよ」

台盤の上のさいころを指さした。

「ちゃんと六って言えば六。二って言えば二。並んで出るんですよ」

なるほど象牙《ぞうげ》のさいは二個、そろいもそろって、六の目をさらしている。

「ね、たねもしかけもないんです。嘘だと思ったら、好きな数を言ってみて下さい」

「困るなあ、藤若丸《ふじわかまる》」

円長は顔をしかめた。

「得度までに三日しかないんだぜ。なのに、まだ寿量品《じゅりょうぼん》一巻さえ、あんたは読めてい

ない」

「それに、あんたはただの法師じゃない。かりにも一条家《いちじょう》の出だ。いずれは一山の住持になるはずなんだからね」

「すいません」

「わかりました。わかりましたよ」

手をあわせて片目をつぶり、にっと笑うと、右頰に憎めない片えくぼが浮かんだ。

「だからね、あと二、三日でこれともお別れだと思ってね」

さいころを指さした。

「ちょっと振ってみたの。そしたら出るんだなあ。ぞろ目が。何か、こう、こつがわかった感じなんです」

「…………」

「嘘だと思ったら、ためしに、ちょっと好きな数を言って下さい。ね、一度だけ」

さいころ振り——単純な遊びだが、院政から鎌倉にかけて、爆発的な流行《りゅうこう》をみせた。上は上皇から、公家《くげ》、武士、庶民、乞食《こじき》にいたるまで、その熱中ぶりは今の麻雀《マージャン》の比ではなかった。

もちろんこれには賭《かけ》がつきものだ。有り金から家屋敷まで打ちこんで、そのまま浮浪者の群れにとびこんでしまうものもある。それでも彼らはばくちをやめようとはしない。

わが子ははたちになりぬらん
博打《ばくち》してこそ歩《あり》くなれ

当時の今様《いまよう》——流行歌は、この事情を最もよく伝えている。円長自身、その面白さを知らないわけではない。いや、だからこそ、藤若のばくち好きにはらはらさせられるのである。とにかくこの少年のばくち好きは度はずれていた。日がな一日さいを手放したことがないのだから。

一条家といえば、藤原氏の中でも中の上、大臣、摂政にはなれないが、それでも父は参議だから、まず準閣僚クラス。兄弟もちらほら中流官僚貴族になりかけている。藤若は母方があまり名家でなかったから僧侶《そうりょ》の道へ入ったのだが、これも当時としては、さまで珍しいことではない。

こうした家の子弟が寺に入っても経も読まず遊蕩《ゆうとう》にふけることはよくありがちだが、それにしても彼のばくち好きは異常であった。気がむけば、誰彼相手に一日でも二日でも、寝ないでさいを振る。しかもなかなか勝負度胸がよく、賭けものの、ほとんどをせしめてしまう。そんなぐあいで、ろくろく経も読まずに、得度の日が来てしまったのだが……。

――そしてまたこの期に及んで……。

円長は眉《まゆ》をしかめたが、ふと、その片えくぼに心を動かされた。

――このばくち好きが、もうこれでお別れだと言うのだからな。

さすがに大人になるという意味はわきまえているのだと、いじらしくなった。

「じゃ、一度だけ」

ついそう言ってしまったのである。果たせるかな、藤若は声をはずませた。

「いいですとも」

瞬間、円長の頭をかすめるものがあった。

「そのかわり、俺の注文はむずかしいぞ」

「何でもおっしゃって下さい」

「三つのさいで、一、二、三の目を出す」

「一、二、三と揃えるんですね」

「そうだ」

むずかしい注文だ。まず不可能に近いことといっていい。円長自身出せるわけがない、と思っている。いや、だからこそ、それを注文したのである。かえってこれを、ばくちをやめさせる機会《しお》にしようとしたのだ。

が、藤若は、もう、いそいそとさいを壺《つぼ》に入れていた。その瞬間から、眼の輝きが違って来ている。

「いいですか」

言いかけて、ふと手をとめた。

「何を賭けて下さいます？」

「俺とあんたで賭けるのか」

「ええ、それじゃなきゃ、つまらない」

「じゃあ、こうしよう」

ますますうまいぐあいだと円長は思った。

「あんたが負けたら、このさいをくれ」

「さいを？」

「そうさ。一生もう握らせないってわけだ」

「ほう、きびしいですね」

言いながら案外あっさりうなずいた。

「いいでしょう。そのかわり、私が勝ったら」

言いかけて、かぶりを振った。

「いや、これは勝ってからおねだりします」

壷に入れたさいを気軽に振ると、台に伏せた。ひどく無造作な振り方であった。

――いいのか？

むしろ円長の方が聞きたいくらいだった。こんなやり方で、一、二、三と目が揃うとは、とうてい思えなかった。

果たせるかな、藤若はちょっとためらいをみせた。手が壺を離れないのだ。そのまま彼はじっと円長をみつめた。

「いいのか」

円長が思わずそう言ったとき、照れたような笑いが藤若の頰に浮かんだ。

「いいですよ」

片えくぼを浮かべ、やや投げやりに壺から手を放すと、からりとした声で言った。

「壺をとって下さい」

「いいんだな」

円長はたずねた。壺をあけて、みすみす藤若の負けをたしかめるのがいたましい気さえしていた。

「いいです」

あきらめたように藤若は言った。

「じゃあ……」

が、壺をとりのぞいたとき、円長の手は危うくそれを落としそうになった。

まごうかたなく、さいの目はその数をしめしているではないか。

一、二、三……。

「あっ！」

藤若は、照れたように笑っている。

「いったいどうしたんだ、これは」

円長は相手の顔を見守るばかりだった。

「どうやら、取りあげられずにすみましたね」

藤若はさいを無造作に壺に投げこんだ。目の前の奇蹟《きせき》が簡単にかき消えた後で、やっと円長はわれにかえった。

「藤若、どうやるんだ、いったい……」

「別にしかけはありません」

「でも、振ったときは、まちがいなく、あの目を出すつもりだったのだろう」

「いや、そうでもありませんよ。さあ、何て言うのかな。自信はないんですがね。振ってるとき、いまひとつ、どうでもいいやっていう気持になりきれると、不思議と思ったとおりの目が揃うんですよ」

「ふうむ」

「でも、それは自分一人で試したときの話でね、勝負の相手が目の前にいてうまくいったのは今度がはじめてです」

執心のおそろしさであろうか。あのばくち好きの白河法皇《しらかわ》さえ、

「朕《ちん》の心にまかせぬもの、賀茂川《かもがわ》の水、山法師、さいの目」

と言ったとか。なのにこの少年はそれさえ自由にあやつれるというのか……。

「なるほど、つまり虚心になるってことか」

円長が感嘆したとき、藤若は言った。

「あ、これで私の勝ちですからね。円長さまに所望していいわけですね」

「いいとも、ただし俺は金はないぜ」

「別にむずかしいことじゃないんです」

円長の目をみつめて、彼は大まじめに言った。

「今夜、私の局《つぼね》にしのんで来て下さい」

「な、なんと」

「私が稚児《ちご》でいられるのもあと三日ですから」

「…………」

「なに、どういうことだか、私もしてみたいだけですよ」

当時僧侶間の男色は、いわば公然のものとなっていたから、このときの要求は、さほど異常なものではなかった。ただ変っていたのは、藤若のほうから、それを求めた

ことだったろうか。彼のような貴族の出の少年は敬遠されるので、ついついその機会がなかったらしいのだ。

「それに、さいばかり投げていたのでね、そんな暇がなかったんですよ」

ともあれ、二人の間に男色関係が成立するということは、夫婦にひとしい契約の成り立つことを意味する。後白河法皇が政治的に無能な藤原基通《もとみち》をひいきにして摂政にまで昇進したのも、彼が片時も手放せないくらいの寵童《ちょうどう》だったからだが、ともあれ、円長は、不思議なめぐりあわせで、この少年と生涯を結びつけられることになってしまった。

二

藤若は得度して尊長《そんちょう》と名のると、円長とともに法勝寺《ほっしょうじ》に入った。この寺は白河法皇が金にあかせて作った六勝寺の一つで、白河なき後も、常に歴代上皇の周辺をとりまく外郭団体といった感じで続いている。

これらの寺々は厖大《ぼうだい》な経済力を持っている。院に接近して栄達をはかろうとする連中が、競って所領を寄進するからだ。そしてこの経済力がさらに院の力を強大にする、といったぐあいで、この寺の執行《しゅぎょう》（取締役）は院の側近として政治の中枢に参画し得る存在であった。たとえば後白河法皇がかなり力のあったころ、平家討滅の陰謀を企《たくら》んだとき、その中心になって活躍したのは法勝寺の執行、俊寛《しゅんかん》だったように……。

尊長が法勝寺に入ったころ、まだ後白河は生きてはいたが、すでに昔日の力はなかった。源頼朝は平家をほろぼしてしまうと、中央の政治にもかなり圧力を加えて来たから、六勝寺にも昔の勢いはなかったし、もしあったとしたら、かえって尊長は法勝寺には入れなかったかもしれない。

というのは、彼の父、一条能保《よしやす》の正夫人は、頼朝の姉だったからだ。尊長はもちろん母が違う。それでも、鎌倉系の人物として、その法勝寺入りには、神経をたかぶらせている向きもないではなかったが、尊長自身は、そんなことはいっこう気づかないようだった。

頼朝の縁に連るかどうかというよりも、彼の関心は、いまだにさいの目にある。さすがに円長の目の前でみせたような腕の冴《さ》えをひけらかすことはなかったが、それでもいつのまにか、彼がさい振りの名手であることは法勝寺内に知れわたってしまったらしい。

「尊長、振ってみい」

あるとき、寺へぶらりと遊びに来た後白河が、わざわざ呼び出してこう命じたことがある。何度か彼は固辞したが、聞き入れられないと、渋々壺《つぼ》を持って来た。

「それではどのような目を」

恭しくたずねると、

「畳六《じょうろく》」

すかさず後白河は言った。つまり二つとも六の目をということである。

「かしこまりました」

相手をからかうように簡単にその目を出した。

「なるほど、聞きしにまさる腕だな」

後白河はうなずいた。

「秘訣《ひけつ》は？」

「ございません。ただ、出そうだと思うと出るものでございます」

「ほう」

それだけで二人の会話はとぎれた。何となくちぐはぐな感じであった。特に傍らにいた円長が感じたのは、この日尊長が本心をあかしてないことだった。自坊にもどったとき、

「何であんなお答えをしたのかね」

たずねると、尊長はにやりとした。

「気がついたのか」

「ふむ、俺の前でしゃべったのと違うからな」

尊長はだまって傍らにあった鉢から棗《なつめ》の実を口に放りこむと寝そべった。

「院もお年だからな。あのくらいな返事でちょうどいいのさ」

「何だって」

「値踏みをするつもりだったかもしれないがね、なあに」

半身を起して彼は言った。

「値踏みしたのはこっちさ」

「何のことだ、いったい」

円長はその顔をみつめ直す思いだった。少年の面ざしが完全にはぬけていないこの男は何を考えているのか。目をこらしたとき、さらに彼は恐るべきことを口にした。

「もう院もそうお長くはないと思うな」

「え？」

「せいぜい二年——そんなところか」

すっとさいを入れた壺に手がのびた。

「畳六」

わざと後白河の口調をまねて壺を伏せ、鮮やかにとりのけると、まさしく、そこには六の目が二つ並んでいた。

「……」

息《の》を呑んだ円長の前に、ちょっと照れたような片えくぼを浮かべた尊長の顔があった。

不思議なことだが、後白河がこの世を去ったのは、それから二年後のことだった。後白河がなくなると、源頼朝は、待望の征夷大将軍《せいいたいしょうぐん》の辞令をもらった。彼がそれを望んでいることを百も承知でいながら、後白河は死ぬまでそれを許さなかったのである。

頼朝が征夷大将軍になると、その縁に連る一条家の羽ぶりは、さらによくなった。父の能保はすでに権中納言になっていたが、その後を追うように、長男の高能《たかよし》が右兵衛督《うひょうえのかみ》になった。これは宮中警固の役所の長官で、若い中級官僚としては華やかなエリート・コースである。

このころ尊長も兄弟子の円長をとびこえて法勝寺でも中堅の役どころの法眼《ほうげん》になった。頼朝一派に好意的でなかった後白河の死によって、一条家の運命はさらにひらけた感じであった。

それから間もなく、右兵衛督の高能が、鎌倉へ下ることになった。高能の母は頼朝の姉だから、叔父《おじ》が将軍になったことへの祝いかたがた、自分もその恩恵を蒙《こうむ》って昇進したことに謝意を表するためと思われた。

尊長は円長を連れて、この母違いの兄の旅立ちを祝うために出かけていったが、そこはほんの儀礼的な挨拶《あいさつ》をすませただけで、

「もう一軒寄ろうか」

もう一人の異母兄、信能《のぶよし》の館《やかた》に立ち寄った。三条高倉《さんじょうたかくら》にあるその家は、高能の家に比べて格段に見劣りがした。鎌倉幕府に最も近い若公達《わかきんだち》の旅立ちというので、日頃さほど親しくない者までが挨拶に押しかけ、ごった返していた高能の家と違って、ここでは門の前で老いた野良犬が一匹、昼寝をしていた。

「久しぶりだったな」

そう言って迎えた信能は三人の兄弟の中では、きわだって美貌《びぼう》だった。

「右兵衛督どののお館へ挨拶に行きましたので」

尊長はそう言ってから、さりげなく尋ねた。

「異母兄上《あにうえ》は？」

「いや、まだだ」

なぜか、彼は尊長の眼を避けるようにして答えた。

「そうですか。あちらはもう大変な賑《にぎ》わいで。御挨拶に来られる方々の車が、ひきもきらない有様で……」

「ほう」

「いや、この際鎌倉殿によろしく、なんていう下心のある連中でしょうがね」

小馬鹿にしたように尊長は言い、

「あれじゃたしかに婿入りですな」

呟《つぶや》くように付け加えた。

「え？　なに、婿入りだって？」

信能が聞きとがめるのには答えず、

「ところで異母兄上、私はこのごろ、さいの振り方がうまくなりましてね、思いのままの目を出せるようになりました」

例の壺をとり出して、後白河の前でやったように振ってみせた。

「ほほう」

信能が膝《ひざ》をのりだして来ると、二とか三とか、彼の言うなりの目を出してみせて、
思わずしらずそれにつりこまれかけたとき、ふと手を休めて彼は言った。

「右兵衛督どのは、将軍家の婿になるという話ですな」

「えっ、婿に？」

ふいに現実にひきもどされたとき、信能の顔にはあきらかな混乱があった。

「ほ、ほんとうか、それは。誰から聞いた？」

円長もこの話は初耳だった。尊長はどこからこの話を聞きつけたのか……が、彼は

信能の問いには答えず、こんなことを言った。

「将軍家には年頃の姫君がいます。今度は右兵衛督どのの下向は表向きはただの挨拶だが、じつは、その姫君にひきあわせるためだとか」

「…………」

「まずわが家にとっても悪くない縁組みですからな」

信能は無言である。美しい顔がちらと歪《ゆが》むのを円長は見逃さなかった。が、さすが公家《くげ》育ちの信能は、次の瞬間、みごとにその羨望《せんぼう》と憎悪を皮膚の下におしかくした。

「そうだとも、何よりの縁談だ」

その言葉を聞くと、尊長は、つと視線をそらせて、呟くように言った。

「まとまりましょうか？」

「え？」

「この縁組みがまとまるかどうか、と申し上げているのです」

「どうして」

「いや、ちょっとそんな気がしているので」

「しかし障害はあるまい。督殿《こうのとの》の母君は将軍家の姉君だもの。つまり従兄妹《いとこ》どうしだろう」

「…………」

「そりゃ、まとまるさ」

自分自身に言ってきかせるように信能がそう言うと、尊長はちらっと笑って壺《つぼ》をとりあげた。

「私はこの話は駄目じゃないかと思う」

「な、なぜに」

「賭《か》けましょうか」

「…………」

彼は壺を振りはじめた。

「異母兄上、目の数を言って下さい」

「む……畳六」

「私は一、いいですね」

ぱっと伏せた壺をとりのけると、まごうかたなく、一の目が二つ並んでいた。

「あっ！」

信能の面貌《めんぼう》に複雑な翳《かげ》がよぎった。

「さて、この勝負、ほんとうに勝ち負けがわかるまで半年はお預けですね」

尊長はそれだけ言うと一礼して座を起《た》った。

その帰り道、彼は円長にぽつりと言った。

「信能どのの母君は、江口《えぐち》の遊女なのさ」

「ほう」

「それで兄弟中であの人が一番器量がいいんだ」

なるほど、兄の高能といくらも年が違わないのに、かなり彼の出世がおくれているわけもやっとわかった、と円長は思った。この時代、母の実家のよしあしは息子の立身に決定的な影響をあたえるからだ。

「そうか、そうすると、あの人は右兵衛督の縁談については、すなおには喜べないというわけか」

円長がそう言っても尊長は黙っている。

法勝寺の大門が見えて来た所で、円長はもう一度たずねた。

「値踏みしたのかね」

いつかの後白河とのやりとりを思い出したからである。

「値踏み？」

尊長は立ちどまりもしないで言った。

「どちらがかね。いや、何をかね」

円長はその心の中を計りかねた。尊長の母は高能とも信能とも違う、父能保に仕えた女房の一人だと聞いている。

——とすれば、彼は二人の異母兄に、どういう感じをいだいているのだろうか……。

それから数か月経った。ふしぎなことに今度も尊長の予想は的中した。高能と頼朝の長女大姫《おおひめ》との縁談は結局まとまらなかったのだ。頼朝夫妻はひどく乗り気だったのだが、かんじんの大姫が、そっぽをむいてしまったのだという。

「私、お嫁に行くなんて考えてもいませんわ」

大姫はにべもなくこう言い、

「私、誰のところへも嫁《ゆ》きたくないの。もしこれ以上やいやい言ったら、河に身を投げて死んでやるから」

憎々しげに毒づいたのだそうだ。じつはこれにはわけがあって、大姫は幼いころ、許婚《いいなずけ》だった木曾義仲の子義高《よしたか》を、頼朝に殺されている。義仲と頼朝が激しく対立し、やがて義仲が頼朝のさしむけた軍勢のために敗死した以上、やむを得ない事だったが、子供ながらも義高を恋いしたっていた大姫にとっては、大きなショックだった。以来彼女は全く両親に心を開かなくなってしまっている。何事につけ両親に楯《たて》つき、義高の名でも出ようものなら、半狂乱になって泣きわめく。今や、彼女にとっては両親に反抗することだけが生き甲斐《がい》なのだということは、高能が東国へ下って初めて知った事実であった。

「何しろ義高のことは、子供のころでもあったし、それほど深い傷とも思わなかったのでな。年ごろが来れば、もうすこしものがわかると思ったのだが……」

頼朝は憮然《ぶぜん》たる表情で言いわけめいたことを言った。あわよくば仮祝言をすませて大姫を都に伴うつもりだった高能は面目をつぶされた形で帰って来たのである。

「尊長どのの言うとおりになったなあ」

円長が言うと彼は黙って笑った。その瞳《ひとみ》の底に少し皮肉な色があった。

「このことについて誰かに聞いておられたのか」

「いや何も」

首を振って、さらりと言った。

「ちょっとした賭をやってみたまでさ」

この事があって以来、信能の尊長に対する態度はがらりと変った。何かにつけ、尊長を頼りにしはじめたようである。

三

建久《けんきゆう》九年正月、後鳥羽天皇が譲位した。高能の例の問題があってから四年ほど後のことである。上皇は直ちに院政を始めた。かねて幕府の力を制限しようと思っていた後鳥羽は皇位を離れた自由な立場で腕をふるうつもりでいたので、このとき、幕府には何の相談もなく位を譲ってしまった。これを機に京都における幕府側の勢力はかなり後退した。

鎌倉の出先機関ともいうべき一条家は、この重大な時期に何一つすることができなかった、というのも能保はすでに出家して政局を離れていたし、その後をついで参議になった高能も病気勝ちで、ほとんど廟議《びょうぎ》にあずかれなかったからである。

「これはいったい、どうしたことか」

と鎌倉から責めたてられて、

「申しわけない」

若い高能はこれを気に病んでさらに病気をこじらせ、その年の九月にとうとう死んでしまった。しかも年若い息子に先立たれた悲しみのあまり床についた父の能保も、その後を追うようにして、この世を去った。代わって今まで陽の目を見なかった信能がじりじりと出世しはじめたが、父や兄の地位にはなかなか手が届きそうもなかった。

しかも悪いことに、翌年源頼朝が急死した。都の気配のただならないことに気をもんでいた彼は、暖かくなったら上洛《じょうらく》して後鳥羽と膝詰《ひざづ》め談判をするつもりでいたのだが、その春がやって来る前に頓死《とんし》してしまったのである。

こんな事態の急変の中で、尊長の法勝寺における地位は全く前と変らなかった。彼が僧籍にあったこともあろうが、一条家の中では比較的無色の人間と見られたためでもあろう。譲位してからの後鳥羽は時折り法勝寺に足を運んだが、そんなときも、彼はごく控え目で、格別これにとりいるけはいもみせなかった。

たださい振りの名手だということはこのころ都でもかなり有名になっていて、ある日後鳥羽に従って法勝寺にやって来た愛姫《あいき》の伊賀局《いがのつぼね》に、一度手のうちを見せてほしい、とねだられたことがあった。

「ね、一度でいいから、みせて下さいな」

遊女上がりという噂のある伊賀局は、しどけない横坐《よこずわ》りで、上皇にしなだれかかるようにしながら、鼻にかかった声を出した。

「何でもそなた、言う通りの目が出るっていうじゃありませんか」

「いや、それほどでもございません」

むしろ、尊長は迷惑げに眼を伏せて言った。

「それに、さいころで、ぴたりと事を占うって本当？」

「いや、そのような……」

「かくしておいでなのね。上皇さま、この法師は大変な力を持っているそうですのよ。いつだったか、後白河院の御寿命をぴたっと言いあてられたとか——」

円長が口にしたわけでもないのだが、そんな噂はどうやら都じゅうに広まっているらしかった。

が、後鳥羽はそれにほとんど関心を示さなかった。歴代天皇の中ではきわだってきかぬ気のこの上皇は、こうした事は好まないたちなのである。それを知ってか尊長はむしろ伊賀局の言葉を否定した。

「嘘でございます。誰かの作った話でございましょう」

「それならそれでよいけれど、一度だけ、さいを振って見せておくれ」

断りきれずに尊長は壺《つぼ》をとりあげた。

「一度だけでございます。お望みの目をおっしゃって下さい」

「畳六」

局のはずんだ声を合い図に尊長は壺を伏せた。一呼吸したあと、壺をとりのけると、まさしくさいは六の目を並べていた。

「ね、ごらん下さいませ。私の言った通りでしょう」

伊賀局は頰を紅潮させ、後鳥羽に抱きつくようにしたが、

「ふむ」

後鳥羽自身はさほど感心した様子もなかったし、尊長も無表情にすぐさいを蔵《しま》った。

「失礼申し上げました」

日頃和歌を愛するかたわら武技に熱中し、みずからも刀を鍛えることを自慢してい

る後鳥羽が、後白河などと違って遊芸を好まないことを知っているからであろう。

こんなことがあってから、尊長の許《もと》に伊賀局からは時折り使いが来るようだったが、彼の方は依然として後鳥羽に近づくけはいを見せなかった。

むしろこのころ、後鳥羽の離宮と頻繁に交渉をもっていたのは、円長のほうだった。彼は伊賀局の許に仕える雑仕女《ぞうしめ》の豊葉《とよは》という女と関係ができ、ひそかな行き来をくりかえしていたのである。

だから、後鳥羽を中心とした政局の動きは、むしろ円長の方が通じていたのかもしれない。そのころ後鳥羽の信任を得ていたのは、内大臣の源通親《みちちか》だが、これがなかなかの策士で、鎌倉幕府に一言の相談もなしに後鳥羽が譲位したのも彼の筋書きによるものだった。しかもこのあと即位した後鳥羽の皇子は、彼の妻の連れ子、在子《ざいし》の所生である。正式の摂政関白ではなかったが、いま政治の中枢を握るのは彼だといってもいい。

通親の最後の狙いは、後鳥羽と組んで幕府を倒すことにあったらしい。そのころ後鳥羽は、鳥羽に豪奢《ごうしゃ》な離宮を作り、得意の歌合に興じていたが、その裏では、ひそかに討幕の計画も廻《めぐ》らされていたのである。

その鳥羽殿に、珍しく尊長が招かれたのは、それからまもなくのことだった。

「急の御召しですので……」

伝えて来たのは伊賀局の使いである。それでも尊長は行くのをしぶっていたが、二度三度と、曰《いわ》くありげな手紙が伊賀局からもたらされたあと、やっと腰をあげ、円長とつれだって法勝寺を出た。

鳥羽殿は白河上皇がはじめに作った山荘で、広さ百余町歩、このころの離宮としては最も美しいものの一つであった。大きな池につき出た釣殿に案内されると、まもなく後鳥羽が現われた。いつもの向こう気の強い傲岸《ごうがん》な面貌《めんぼう》に、今日は思いなしかいらだちの色が混じっている。

「尊長」

坐《すわ》るなり、気の短そうなこの王者は言った。

「そなた、さいでよく人を占うそうな」

「それほどにもございませぬ」

「つまらぬ遠慮はよせ」

あきらかに後鳥羽は焦《じ》れていた。

「あたるかあたらぬか、それだけ答えろ」

「まず、これまではずれたためしはありませぬ」

「よし、それなら余を占え」

「何をでございます?」

後鳥羽はちょっと苦しそうに口ごもった。

「それを言わねばならぬか」

尊長はふと目をあげた。

「たいてい、見当はついております」

「な、なんと」

「ならば、私の方から申し上げましょうか」

「む、む」

ためらったとき、尊長は言った。

「その前に伊賀局さまは、この場をおはずしいただいた方がよろしいかと存じます」

「なれば、その法師も」

後鳥羽は円長の存在を気にしたが、尊長はゆずらなかった。

「口の堅い男ゆえ、御懸念には及びませぬ。それに、私の申し上げましたことがあたりますかどうか、後日の証人として——」

伊賀局が退《さが》る間、尊長は池の面を眺めていた。濃い緑にかこまれた水面をみつめている頬はほとんど無表情である。

「さあ、さいを振れ」

わざと高圧的にそう言う後鳥羽の前で彼は坐り直した。

「おたずねのこと。さいを振るまでもございますまい」

「何と」

「内府《ないふ》、源通親どののことではございませぬか」

「……いかにも」

かすかに微笑しながら、尊長は思いがけない事を口にした。

「内府は上皇さまの女御在子《にょうご》の方の義理の父君。が、その内府が、在子の方と道ならぬ交わりを持っておられる――そういうことではございませぬか」

王者の眉《まゆ》は苦しげに引きつれた。人一倍傲岸なその人の傷に、尊長は遠慮するふうもなく、ぐいぐいと触れてゆく。

「お疑いはもっともかと存じます」

「…………」

「内府の振舞に間違いはございません」

「む、む」

低くうめく声を気にするふうもなく、彼は続けた。

「が、恐れながら院の御心労はそのことだけではございますまい」

後鳥羽はちょっとたじろぎをみせた。

「かの卿《きょう》の衆にすぐれた辣腕《らつわん》、これを手離すのはいかにも惜しい――と」

「そのとおりだ」

うめくように後鳥羽は言った。

「だから迷っている。そなたにさいを振らせたかったのもそれだ」

「それならご心配には及びませぬ」

「なんと」

「まず、在子の方を里へお戻しになられて、そのあとじっくりお考え遊ばしても遅くはありませぬ。道はおのずから開きましょう」

「そうか」

尊長の口調には決して押しつけがましい所はなかったが、傲岸な王者にはかなりこたえたようである。が、思いのほか素直にその言葉を受け入れたのは、静かな、しかも説得力のあるその話術に次第にひきいれられたからかもしれなかった。

傍にいる円長にとってこれは全く思いがけない光景だった。女御在子と通親の密通などという大事を、なぜ尊長は言いあてたのか。一日中法勝寺での管理にあけくれている彼の、どこにそんな触覚が秘められていたのか。

「不思議だな」

帰り道に思わず呟《つぶや》きをもらすと、

「ふ、ふ、ふ、何が不思議なものか」

尊長はさらりと言った。

「たねあかしすれば簡単なことさ。じつは伊賀局からその話は聞いていたんだ」

「あっ、どうりで――」

そういえば、局からときどき使いが来ていた、と思いあたった。

「わかったろう。俺がさいを振らなかったわけを。まさか、そらぞらしくてな」

「じゃあ、伊賀局の芝居なのか」

「いや、内府と女御の仲はほんとだ。俺は局にそれを利用する方法を教えてやったまでよ」

ふと彼はにやりとした。

「そのかわり、恩賞はたっぷり約束してある」

「ほう」

「所領と女だ。所領のほうは、いずれ荘園を分けて貰《もら》う。女のほうは、局の手許のを一人せしめる」

「だれだ、それは」

「豊葉だ」

「えっ！」

秘密にしていた自分の女の名前がふいに飛び出したので円長はめんくらった。

「豊葉を──そなたが貰うのか」

「馬鹿な」

尊長は苦笑した。

「そなたに貰ってやるのよ」

「あっ、知っていたのか」

「ふ、ふ、ふ」

「そりゃあ、どうも」

二の句がつげなかった。

「まさかお前の女を横どりする気はないぜ。女ならほかにいる」

「それも知らなかったなあ、どこのどういう奴だ」

「まあ、それはいい。来月子供が生れるそうだ」

他人事《ひとごと》のように彼は言った。

女御在子はまもなく里に帰った。義父の通親に対しては何の処分もされなかったが、この事件は、やがて意外な形で急転解決した。通親が頓死《とんし》したのである。一日も病床につかず、今でいう脳卒中とか心臓麻痺《まひ》のようなものだったらしい。まだ五十四歳、これから野望をのばそうとしていた彼にしては、あっけなさすぎる死であった。

尊長がそこまで予感していたかどうかはわからないのだが、ともかく、彼の助言の通りに歴史は動いたのである。この時以来、彼は後鳥羽の寵臣《ちょうしん》になった。法勝寺の執《しゅ》行《ぎょう》として寺の運営をまかされ、地位も律師《りっし》から僧都《そうず》へと昇進する一方、伊賀局が後鳥羽院から与えられていた摂津倉橋荘《せっつくらはしのしょう》の管理権もゆだねられるようになった。

局が所領をくれる——と言った彼の言葉は、まさしくその通りになったのだ。

「なるほど、みごとなものだな」

後になって円長がそう言うと、そのときだけ、ふと尊長は目の色をきつくした。

「円長、俺が倉橋荘ごときを目当てに伊賀局のために働いたとでも思っているのか」

「いや、しかし局が所領を約束し、それが言葉通り手に入ったのは事実だろう」

「そりゃあそうだ。しかし俺は所領などを貰おうと思ってやったわけじゃない」

「じゃ、何のためだ。通親どのを追い払って、それにとって代りたかったのか」

尊長はふと黙った。

「そういえばそうも言えるな」

案外素直にうなずいてみせた。

「父、異母兄《あに》——公家《くげ》として生きていてできなかったことを、坊主の俺ならやれるかもしれない、という気はあったな。が、それよりも——」

円長をみつめて、時々見せるふと照れたような笑いを浮かべてみせた。こんなとき、彼の頬には、少年の時と同じような片えくぼが浮かぶのである。

「それより、さいを投げて見たかったのさ」

「え、さいを？」

「うん、通親どのとは違ったさいをな」

それから急に話題をかえた。

「いま、俺は一つ寺を建てようと思ってるんだ」

「ほう」

「もちろん院のための寺だがね」

四

寺の名は最勝四天王院《さいしょうしてんのういん》といった。この寺が三条白川《さんじょうしらかわ》に建立されるのは少し後の事で、その前に鎌倉ではもう一度将軍が交替している。頼家が北条氏の陰謀で職を奪われ、弟の実朝がその後をつぐことになったのだ。

それから間もなく、この新将軍の御台所《みだいどころ》として、坊門家の乙姫君《おとひめぎみ》が輿入《こしい》れした。この坊門家は後鳥羽院の母方でもあり、かつその姫君の姉は後鳥羽の愛姫《あいき》の一人だったから、都と鎌倉の間はぐっと親しみを増した感じであった。

そのせいか、最勝四天王院ができると、坊門一家——前大納言《さきの》信清《のぶきよ》や鎌倉の御台所の兄にあたる忠信はしげしげとこの寺に出入りするようになった。この寺の執行はもちろん尊長だったから、院——尊長——坊門家——鎌倉というつながりが、当時の政治の中軸になっていたといってもいいかもしれない。かつて一条家が隆盛なころ所を得なかった尊長は、今や権力の中心に近づきつつあった。

——なるほど通親どのとは違うさいを振ると言ったのは、このことか。

と円長は思った。たしかに世の中は通親のころとがらりと変っている。あの鎌倉ぎらいの後鳥羽が将軍実朝と歌を詠みかわしたりすること一つをとってみても、それがわかろうというものだ。

尊長の身の廻《まわ》りも目立ってはでになった。近ごろ牛車《ぎっしゃ》を牽《ひ》く牛に凝りはじめて、獅《し》子丸《しまる》とかいう滅法気の強い牛をかわいがっているという。鞭《むち》のくれよう一つで火を噴くような勢いで走る猛牛で、一度は余り走りすぎて道端の石に乗りあげ、車が横倒しになり、尊長自身怪我をしたこともあった。

「あまり無茶はなさるなよ」

円長は見かねて忠告した。このころ尊長はすでに法印の位を授けられ従二位《じゅにい》に昇進している。

「その従二位、法印ともあろう方が……」

「やれ、また意見か。法師、昔の稚児《ちご》のころと同じだな」

尊長は照れたように笑った。

「さいを振って文句を言われたものだが」

「ほう、そういえば、さいはどうなされた」

「やめた」

「なぜ」

「面白くない。手にする気にもなれぬ」

「それより牛か」

「まあ、そんな所だ」

土御門《つちみかど》天皇が譲位し、後鳥羽のお気に入りの第三皇子（順徳《じゅんとく》天皇）が即位したのはそのころである。天皇の側近の秘書役ともいうべき蔵人頭《くろうどのとう》には、尊長の異母兄の信能が任じられたが、これももちろん彼の口ききに違いなかった。信能は前にもまして彼の所に近々と出入りするようになったが、これは言いかえれば、尊長が天皇の側近にまで、その触覚をのばしたことでもあった。

それから十年ほどは平和な歳月が流れた。

承久《じょうきゅう》元年の二月初旬、円長は最勝四天王院の尊長から急な招きをうけた。

「いま鎌倉に行った異母兄《あに》から急使がついた」

彼の顔を見るなり尊長は言った。

「は？」

「知らなかったのか、そなた、信能どのが下向していることを」

その年、鎌倉の将軍実朝は右大臣になった。その就任式ともいうべき拝賀にあたって、都からは御台所の兄の坊門忠信はじめ一条家ゆかりの公家たちが列席した。そしてその中に信能もまじっていたのである。

「ところが――」

尊長は言葉を切った。

「拝賀の式の当日、将軍家が殺された」

「えっ、だれに？」

「八幡宮の別当（長官）公暁に。何でも前将軍の息子だそうな」

「ほほう、それはまた何と――」

そう言いながら、円長は、相手が事の重大さにも拘《かかわ》らず、ほとんど取り乱していないのに気がついた。

「それで来て貰《もら》ったのは、ほかでもない」

尊長はむしろ落ち着いた声音で言った。

「じつは、この事は予想しないでもなかったのだ」

「何故に」

「俺のさいの目に出ていた」

「え、なんと……しかし法師どの、あなたはこの所さいを手にしないと――」

「そう言った。しかしあれは嘘だったのだ、許してくれ、実はな」

坊門家の姫君は鎌倉に輿入れした後も、しきりに都へ帰りたがったのだという。

「ここは都育ちの者の住む所ではありませぬ」

彼女も侍女たちもそう言っていると聞いて、どうにかならぬものか、という願いを抱いて、坊門家の人々は、ひそかに後鳥羽の許《もと》に出入りしていたのだという。

「ああ、それでか、なるほど――」

坊門家の動きの意味がはじめてわかったと円長は思った。

が、いくら坊門家に泣きつかれても、後鳥羽にもこれぞという妙手はなかった。

「ところがな、不思議なことに――」

尊長は声をひそめた。

「俺がかりそめに占ってみると、必ず近く帰れる、と出るのだ」

「ほう」

「まさかと思った。自分でも信じられないという気がしたのだがね。こうなってみると、それが嘘ではなかったんだ」

円長は彼の顔をみつめた。

よもや嘘をついているとは思われなかった。が、彼の話はあまりにも不思議すぎた。

「信じられるかね」

その胸の中を見通すように尊長は言った。

「どうもな。今、その話を聞いても、まこととは思えない」

「そうだろう。俺自身にも信じられない。が、げんに、その占いはあたっている。そんなとき、法師だったらどうする」

ひどく真剣な眼が円長を追い求めて来た。

「そうさな」

「それが聞きたくて、法師を呼んだのだ」

「………」

「そうなったら、もう次の手を賭《か》けるよりほかはない。え? そうは思わないか」

「む、む、……」

「賭けるってことはな」

傍らの壺《つぼ》を引きよせながら、彼は言った。

「さいを振ってるときに、どうでもいいやという気になる。そうなりきれると、不思議に思った目が出る。そのときの──いや、そう思ったときと壺をあけるまでの間の醍醐味《だいごみ》を味わうことかも知れぬ。この話、一度した覚えがあるな」

「ふむ、法印が稚児の折に──」

「そうであった」

無邪気ともいえる例の片えくぼがその頰に浮かんだ。

「さいを振るなと意見をされたあの時だったな」

それからふと遠くを見る目になった。

「あれから何度、あの気持を味わったかな」

円長は尊長の眼を見ながら言った。

「さいを振ってみることだな」

「何と」

「次の賭を占うのだ」

「…………」

「法印の考えておられる賭の正体は俺にはわからぬ。が、ともかく、占ってみるのだ」

ほう……と言うように尊長は小さく言った。

「ではひとつ振るかな」

「拝見しよう」

「久しぶりだな。法師と二人で振るのは」

「いや、俺は振らぬ」

「では目を言ってくれ」

「畳六！」

尊長の手を離れた壺は、台の上でひそやかに静まりかえった。

「いいとも」

「いいな」

どちらからともなくそう言い、円長が壺をとりのけた。

瞬間、彼は見てはならないものを見たような気がした。

一と六……。むざんにさいの目は割れていた。

「…………」

声もなく二人は顔を見合わせた。

「やめろということだな」

円長がぽつりと言ったのは、それからまもなくである。尊長はまだ黙っている。やがて、もう一度彼は例の片えくぼを浮かべて言った。

「やめるにしては大きすぎる賭なのでな」

いつもはひどく無邪気に見えるその微笑が、そのとき、底知れない不気味さを漂わしているように円長には思われた。

五

大きな賭――。

そのときわからなかった賭の中身を、まもなく円長は知るようになる。承久三年四月、順徳天皇の譲位するとまもなく、後鳥羽上皇を中心にして京都側が起した討幕の闘い――承久の変こそ、尊長の企《たくら》んだ一世一代の大賭博《とばく》だったのだ。考えてみれば、後鳥羽の側近から源通親をしりぞけ、表面上は鎌倉との宥和《ゆうわ》策をとらせたりしたのは、結局この日のためだったのかもしれない。というよりも、彼はむしろ、そのためにさいを振り続けて来たといってもいい。

彼のさいに酔わされた人々――一条信能や坊門忠信、むしろ鎌倉に近いと思われた公卿《くぎょう》さえも皆、後鳥羽の側に集まった。円長は気づかなかったのだが、そのさいの魔力は武士の間にも及んでいて、院の武士団だけでなく、本来は鎌倉の出先機関である六波羅《ろくはら》の武士までも、まるで魔術にかかったように、討幕の兵力として、尊長の采配《さいはい》の下で動いたのである。

もっとも、その瞬間まで、彼はずっと蔭《かげ》の人物だったから、人々はその存在に気づかなかった。承久の変に先立ってなぜか最勝四天王院がこわされたとき、

「あれは鎌倉の将軍家を祈り殺すためのお寺だったそうな。それがうまく行ったので、証拠を消すためにこわすんだとさ」

そんな噂も流れたが、人々はその蔭にいる尊長のことまでは見出《みいだ》し得なかったようだ。

かくて承久の変は始まったのだが——。

結果は朝廷方の惨敗に終った。東国武士の一気の攻めの前に院方の侍は刀を合わせる暇もなく潰《つい》え去った。しかも後鳥羽はじめ土御門、順徳三上皇は流され、一条信能ほかの公卿は斬首。死をまぬかれたのは実朝夫人の縁故に連る坊門忠信と僧籍にあった一人だけ——。円長があの日尊長の部屋で見たさいの目に間違いはなかったのである。

が、戦いがすんだとき、尊長の姿は消えていた。捕えられた中にも、死骸《しがい》の中にも、その顔は見当たらなかった。

——勝負はまだまだ。

円長はどこかにかくれてそう言っている彼の声が聞えるような気がした。

——うまくすれば逃げおおせるかもしれん。あの勝負強い尊長のことだから。

ほとんどの人は彼が主謀者だということに気がついていない。一介の僧侶《そうりょ》にすぎない彼がよもや、鎌倉幕府打倒の真の黒幕だったとは思いも及ばなかったのだ。が、たった一人、そのことを見ぬいている人間がいた。鎌倉方の総帥、北条義時である。

——彼《か》の法印こそ、乱の張本よ、草の根を分けてもさがし出せ！

命令をうけた六波羅の侍が八方手をつくしたけれどもその姿を見出すことはできなかった。もちろん円長の所へも何の連絡もない。

——来たらかくまってやるんだが……。

局外にあって難をまぬかれた彼は時折りそう思うのだが、消息は杳《よう》としてわからなかった。

一年、二年と時はすぎた。皮肉なことに、尊長探索を命じた義時は乱の三年後に急死したが、このときまだ彼はつかまっていない。

狭い日本の中、しかも近畿《きんき》一帯にいるに違いないのに、密林に姿をひそめてしまった獣のように彼は姿を現わさないのだ。ときおり、吉野《よしの》の奥とか熊野の辺に出没したという噂が立ち、その度ごとに捜索隊が飛び出してゆくのだが、いつも手ぶらで帰って来る。そのつど、

——尊長らしい、したたかさよ。

円長はひそかにそう思ったものである。

が、その尊長も遂《つい》に運のつきる日が来た。

「尊長捕わる」

その知らせを円長がうけたのは安貞《あんてい》元年六月、義時が死んでからさらに三年経った夏の暑い日のことである。

「なにっ、尊長がっ！」

遂にだめだったか、と思いながら、

「どこにいたのだ」

知らせに来た弟子にこう尋ねてから、改めて円長は目をむいてしまった。

「鷹司油小路《たかつかさあぶらこうじ》に」

と、その僧が言ったからである。鷹司油小路といえば京のど真ん中、しかも円長の住居とは目と鼻の所に、二年もかくれていたのだという。

「さてもまた……」

何というしぶとさであろう。しかもあれだけ親しかった自分に、二年もの間、何一つ連絡をとらなかったとは……が、そのことに水臭さを感じるよりも、むしろ円長は、彼のなみなみならぬたくましさを見たような気がしたのだった。

が、六波羅に引き立てられたと聞いては、すてておけなかった。

――そちらは、構ってくれるなというつもりかも知れぬが、俺はそうはゆかぬ。尊長との関係を疑われてもかまわない。今までかくれおおせた彼を何としてでも助けてやりたいと思ったのだ。

六波羅――鎌倉幕府の出先の役所にいってみると、探題《たんだい》（長官）北条時氏《ときうじ》の前に引き据えられた尊長をそっちのけで二人の武士がいがみあっていた。どうやら、尊長の逮捕のことで手柄を争っているらしかった。

引き据えられた尊長の顔は土気色をしていた。捕えられた時、かなりの手傷を負ったらしい。

「法印っ」

思わず駆けよると、

「ほう、円長法師、しばらくだったなあ」

声は意外にしっかりしていた。

「傷は大丈夫か」

「ああ、これか」

にやりと薄笑いを浮かべた。

「一歩おそかったのさ」

「なに？」

「いや、もう今度は逃れられぬと思って、腹を切りかけた所へ、こいつらが飛びこんで来た」

「腹を？　切ったのか」

「ああ」

尊長はゆっくりうなずいた。

「死なせろというのに、むりに引き立てようとする。仕方なしに刀をふりまわして追い払ったと思ったら、またこいつがやって来た」

と二人のうちの一人をあごで差し示し、

「仕方なしにこれにも一太刀あびせた」

と、そのとき、後からやって来たと言われた男が猛然とわめき出した。

「違う、法印にまず太刀をつけたのは、この俺だ」

相手も負けていない。

「何を言う。この俺にきまっているのに、虚言《そらごと》を言って功を奪う気か」

「何を、もう一度言え」

「おお、何度でも言うぞ」

このとき、

「やめろ」

と言ったのは、六波羅探題時氏ではなく、引き据えられた尊長だった。

「よせよせ」

痛みをこらえながら、それでも苦っぽい笑いを浮かべながら彼は言った。

「俺の言ったとおりだ。お前は後だ」

「と申して」

「黙らぬか」

尊長は声を厳しくした。

「死にに行く者が、いまさら何で嘘をつこうぞ、俺の目には間違いない」

一座がしんとなったとき、彼は時氏を睨《にら》むように見上げた。

「お聞きのとおりだ。もうこの者達は引き退《さが》らしてもらおうか」

二人の武者が引き退る後ろ姿を見ながら、

「暑い」

呻《うめ》くように彼は言って、上体をぐらりとさせた。

「おっ、大丈夫か」

円長はひざまずいてその体を支えた。

「心配するな、それより、探題どの、氷を賜わりたい」

尊長は、しっかりした口ぶりで言った。

「この暑さ、この傷。口がかわいてならぬ。氷を一かけ貰《もら》おうか」

「氷はない」

若い声が静かに答えた。時氏は執権泰時《やすとき》の息子、なかなか頭の冴《さ》えたやり手で、次期の鎌倉幕府を担う一人と目されている人物である。

「ほう、ないのか」

尊長はあざ笑うように言った。

「天下の六波羅に、この夏のさなか氷ひとかけらもないとはな」

「…………」

時氏が黙ってみつめていると、尊長は、その視線をはぐらかすように、にやりとした。

「ま、ないならいい。しいてねだりはせぬ。が、氷がないとなればだな、薬を一服貰おうか」

「薬？」

若い時氏は思わずつりこまれたようである。

「おおさ、薬だ。先の執権――探題どのには祖父《じじ》にあたる義時の服用したあの薬よ」

「…………」

「ほほう、探題は知らぬと見える」

「…………」

「義時が三年前飲んだあの薬。若い後妻に一服盛られて、命を終らせた、あの薬よ」

「な、なんと言う」

「知らねば教えてつかわそうか。執権が飲んだのは、奇妙な薬でな。三年前、若い後妻にたぶらかされて、それを飲んだと見るまに、のけぞって頓死《とんし》したという、ふしぎな効きめのある薬よ」

「な、なんと言う」

虚をつかれて、さすがの時氏も舌をもつれさせた。

「その後妻とやらが、何のたくらみで、一服盛ったかは知らぬ。が、それほどの効きめのある薬なら、一思いにそれを盛ってくれ。もう生きるのもめんどうゆえに」

「そ、そのような薬は――」

「ないと言うのか」

尊長は底意地の悪い笑いをのぞかせた。

「探題が知らぬだけよ。さなくばあの病一つ知らぬ執権義時、なんでころりと死ぬものか。憎き尊長の首を見るまでは、死んでも死にきれぬと言っていた、その執権がよ」

傷などは全く忘れ去ったような、いかにも小気味よげに彼は笑った。その肩を支える円長の腕に思わず力が入った。

「虚事《そらごと》を申すな」

時氏が辛うじて切り返すと、

「虚事？」

尊長は、開き直った口調になった。

「この俺が、死ににゆく間際に、何でいまさら虚事を言おうぞ」

じろりとあたりを見廻《みまわ》した。並みいる六波羅の侍たちの頬に、一様に動揺の色の漂ったのをたしかめたとき、ふいに、

「うは、は、は」

尊長は声をあげて笑った。

――やったぞ！

と円長は思った。

――尊長みごとだ。

その死があまり突然であったために、義時の死因については、その直後から、さまざまの噂が流れていた。しかも、ちょうど承久の変の起ったと同じ四月だったために、あの折に殺された人々の怨霊《おんりょう》であるとか、京都から送られた刺客に刺されたとか、その取り沙汰《ざた》はまちまちだった。

いま、ぎりぎりのところまで追いこまれている尊長は、その噂を武器に、ぱっと鮮やかな、さいを振ったのだ。

——畳六だ！

円長はそう叫びたかった。多分尊長はいまみごとにそのさいの目を振り出したような気持でいるだろうと思った。

腹を切り、捉われの身になって、手も足も出ない所まで追いつめられながら、どうでもいい、という気になってさいを振った。あの瞬間の醍醐味《だいごみ》を、いまわのときに臨んで、この勝負師は、心ゆくまで味わっているにちがいない。

——よし、これでよし、さすがは尊長！

円長はひしとその肩を抱いた。

「水を……」

時氏が口を開いたのはこのときである。畳六の目を出した相手に向かって、さしあたって、これ以上の才覚はだれにもできなかったに違いない。頭のいい青年は取り乱したふうは見せなかったが、刺すような眼付で、尊長の出かたを警戒しているふうであった。

が、水を飲み終えたとき、急に尊長の眼がうつろになった。支えている両の手にぐっと重みがかかったとき、

「しっかりしてくれ」

円長は必死でその耳に囁《ささや》いた。しばらくして、もがくように身を起した尊長は、切れ切れに言った。

「坐《すわ》り……なおさせて……くれ」

「こうか」

「もう長いこともなさそうだ」

「…………」

「坐り……なおして、経を、読む。俺は坊主だからな。しかし、このていたらくでは」

かなり武士達と渡りあったと見えて、帷子《かたびら》は破れ、あちこちに血と泥がこびりついている。

「俺のを着てくれ」

円長は手早く帷子を脱ぎ、尊長に着せかけ、その上に架裟《けさ》をかけてやった。そうしながら、彼は気ぜわしく囁いた。

「みごとだったぞ。いいさいの目だ」

「さいか」

円長に聞えるだけの声で尊長は言った。が、それ以上、うれしそうな顔も見せず、

「勝負とは、まあそんなものだ」

突き放した調子でそう言った。

円長の助けを借りて坐りなおした彼は、もう円長の方も見ず、ゆっくり念仏をくりかえした。五十数遍くりかえしたとき、ふと声がとぎれ、大きく肩がゆらいだ。それが二位法印尊長の最期であった。

尊長の死後も義時毒殺の噂はなかなか消えなかった。いやげんに数百年後に生きる現代の学者の中にも、その説を信じる人がいる。とすれば、承久の変という大ばくちに負けた尊長は、最期の瞬間に、鎌倉方をみごとに蹴《け》り返したとみるべきだろうか。

頼朝の死

一

臼井八郎《うすいはちろう》の死について、奇妙な噂が流れはじめたのは、いつのことだろうか。奇妙な——といっても、たかが幕府警固にあたっていた若侍についての噂である。人がさほど耳にとめないでいるうち、それは水泡のごとくかき消えた。ちょうど、鎌倉の初代将軍、源頼朝の死と重なったこともあって、その騒ぎにとりまぎれて、誰も彼のことなど忘れてしまったのだ。

八郎の死についての噂がむしかえされたのは、頼朝の百か日の法要もすんだころだった。しかし今度よみがえったとき、それは、頼朝の死と、奇妙な形で組み合わされていた。人々はそれを口にするとき、声を低めてちらりと目くばせし、意味ありげにうなずきあうのだった。

「そういえば、八郎め、尋常な死ではないとかいう話だったたな」

「それにしても、大それたことをなあ」

「いや、よもや八郎だって、それが御所さまだと知ってのことではあるまい」

「あいつ、千歳《ちとせ》どのに首ったけだったからな。逆上のあまり、誰が誰だか見分けもつかず……」

臼井八郎は二十四歳、背の高い、眉《まゆ》の濃い男だった。肩幅の広い頑丈な体つきの彼が、急死したのは正治《しょうじ》元年の新春《はる》を迎えてまもないころのことである。

「正月の振舞酒をすごしましたせいか、わが家にて頓死《とんし》いたしました」

と親許《おやもと》からの届けにはあったそうだが、その当時から、それを疑う声がなかったわけではない。

「あいつ、ちっとやそっとの酒で死ぬような男ではないはずだがな」

そういえば、そのときも奇妙な噂がちらりと流れかけたこともある。彼の屍体《したい》が、御所の木戸から、夕闇にまぎれてひそかに運び出されたのを見た者がいる、というのである。が、それを聞いて、人々はむしろ、彼の死が納得できたような気さえしたものだ。

「ははあ、やっぱり、酒の上でのけんかだな」

こういう事件は、表沙汰《おもてざた》になれば、殺したほうにも殺されたほうにも傷がつく。わざと知らぬふりをして、適当な口実を作って処理することは、これまでもないことではなかったし、八郎の親達も、そうした形でその場をとりつくろったのだろうと思われた。

ところが――。

三月もすぎた今になって、人々の耳に、全く別の噂が、囁かれ始めたのだ。

「臼井八郎は、将軍家を殺したために死んだのだ」

と言うのである。

——まさか……そんな大それた事を。

人々はぎょっとしたが、話を聞いてみると、初めから頼朝を殺そうとしてやったのではなく、いわばゆきちがいから頼朝を殺す羽目に陥ってしまったらしいのである。

——そりゃそうだろう。もし、本気で御所さまのお命を狙ったのなら、ただではすまぬ。

たしかに、それが真実だとしたら一族が処刑されてしまうはずだが、それにしては臼井一族には何の咎《とが》めもない。が、事情がわかってみると、その事後処理の簡単さには、それなりの理由がひそんでいるらしいのである。

そのころ八郎は恋をしていた。相手は御所に仕える女房の千歳だった。が、それからまもなく、千歳がほかの男と浮気をしている、という噂が、彼の耳に入ったのである。

——許しておけぬ。

一本気の彼はいきりたった。わが恋人に手を出す男は誰なのか。ちょっとでもあの女に手をふれてみろ、ただではおかぬ、と千歳のいる局《つぼね》の前の小庭に毎晩張りこんだ。

と、ある夜、噂通り、男がしのんで来た。

——きゃつめ！

その後ろ姿めがけて、彼は力まかせに太刀を振りおろした。肩先を割られた男が、悲鳴をあげる余裕もなく、朽ち木のように倒れたのはその瞬間である。

——と、それが、御所さまだったというわけなのだな。

噂を聞いた連中は、なるほどというように一様にうなずく、何しろ頼朝の女色あさりは鎌倉では知らないものはない。御所の女房の所にしのんでゆくというようなことは、これまでもよくあった。

斬ってしまった後で、臼井八郎は、その男が頼朝であることを知った。彼はその場で潔く自決したとも、口を封じるために殺されたとも、噂はまちまちであった。もっとも、中には、この話に首をかしげる向きもないではない。

「御所さまはそのころ、お体を悪くしておやすみになっていたのではないかな」

頼朝はその前の年の暮れ近くなってから、稲毛《いなげ》重成《しげなり》という有力な豪族が、亡き妻の追善供養のために作った相模川《さがみがわ》の橋供養に出かけている。この妻というのが、頼朝の妻、政子の妹にあたるので、わざわざその渡り初めに行ったのである。

ところが、その帰途に、彼は不覚にも落馬した。そして頼朝の死は、表向きはその後、余病を併発したため、ということになっている。

「まさか、御所さまがいかにおまめでいらしっても、御病中では——」

言いかけると、噂を伝えた相手は、

「いや、いや」

大きくかぶりを振った。

「とっくによくおなりだったのだよ。が、女のことで亡くなられたとあっては、ていさいが悪いので、落馬がもとで、ということにしてしまったのさ」

「なるほど」

それにしても、眼の前で思いがけない惨劇が行われたとき、当の千歳はどうしていたのか。当事者である彼女に、どうにかして話を聞きたいものだ、と好奇の眼が集中した。

「ようし、俺が……」

そのことを聞きたいばっかりに、そっと彼女の局にしのび寄ろうとしたものもある。が、それからまもなく、こういう物好きな連中は、背中をどやしつけられるような経験をする。

事件の謎を握っていると思われたその千歳の姿は、御所から消えていたのである。

「や、や、や。あの千歳が？　まことか、それは？」

「間違いあるまい。千歳の妹の小雪《こゆき》という小娘がな、眼の色をかえて、探しまわっているというぞ」

「ふうむ」

もう、人々は今は意味ありげにうなずきあうこともやめてしまっていた。千歳が頼朝の死に関連があることは、もはやたしかである。多分、噂のたかまって来たのを恐れて、幕府は千歳をどこかにかくしてしまったに違いない。

そして、そのことに、人々はある恐れすら感じ始めている。

――うかつな事はしゃべれなくなって来たぞ。

――千歳同様、へんな目にあってはたまらんからな。

人々は、わざと無関心をよそおいだした。が、そうなればなるほど、噂じたいは、人々の心の奥底にくいこんでしまっている。無関心はつまり、彼らの生きるための知恵にすぎない。信じないからではなくて、信じているからこそ、わざと知らんふりしているだけのことなのである。

その間にも、鎌倉の歴史は少しずつ動きはじめていた。頼朝の長男の頼家が父のあとをついで二代将軍となり、その就任祝いやら、代替わりに伴ういろいろの儀式が次から次へと催され、その華やぎの蔭《かげ》で、頼朝の死のもたらした噂は、次第に隅の方へ追いやられてゆくようにみえた。

それかといって、人々はその噂を決して忘れたわけではない。少なくとも、代替わりの華やぎから眼をそむけて、千歳のゆくえを執拗《しつよう》に追いつめようとしている人間が一人はいた。千歳のたった一人の妹、ことし十八になる小雪である。

二

千歳と小雪はみなし児だった。父は小身の御家人の郎従で、頼朝の弟の範頼《のりより》の平家攻めに従って出陣して、西国で討死した。そのとき小雪は三つ、姉の千歳は三つ上の童女だった。母は、つてを頼って、あちこちの下働きをしていたが、政所《まんどころ》の別当、大《おお》江広元《えのひろもと》の家に住みこんで下女奉公をしているうち、ふとした病でなくなった。

政所の別当というのは、当時の行政長官である。都の中流官吏だった広元は、頼朝にまねかれて鎌倉に下り、政治万端を切りまわしていたが、もともと公家《くげ》出身で気のやさしい広元は、二人のみなし児をあわれがり、小雪はそのまま女童《めのわらわ》——つまり少女の小間使いとして手許におき、姉の方は、御所で召し使われるようにとりなしてやった。

御所づとめといっても、もちろん最初はほんの下働きである。が、千歳はなかなか気がつくたちだったし、涼しい眼鼻立ちの少女だったので、上の女房たちにかわいがられ、大人びてくると頼朝の身のまわりに奉仕する女房の中に加えられるようになっていた。

その姉がいつ御所から姿をかくしたのか、じつは、小雪にもわからない。年があけてから姉の所をたずねたときは、

「御台《みだい》さまの御名代で、日向薬師《ひなたやくし》に御参籠《ごさんろう》です」

近くにいた女房は彼女にそう言っている。頼朝夫妻は、同じ相模国にある日向薬師に対する信仰が厚く、みずからもよく参詣《さんけい》に行ったし、行けない時は、よく代参を差しむけた。じじつ千歳も主だった女房の供をして、この代参に加わったことも多かったから、今度も多分、頼朝の病気平癒の祈願でもあろうかと思って、小雪はそのまま帰って来た。

頼朝の死が発表されたのは、その後まもなくである。当時は葬儀や何やらのどさくさで、御所にも寄りつけずじまいだったが、やっと一段落したところで行ってみると、

「今は御用が忙しくて会えませぬ」

素気ない返事がかえって来た。

そんなことが二、三度続いたろうか。そしてそのころ、小雪の耳にも例の臼井八郎の一件が、伝わって来たのである。

――まさか、姉さまにかぎって、そんな。

と思いはしたが、小雪も臼井八郎が姉に思いを寄せていることは知らないわけでは

ない。いつか御所に行ったとき、千歳はそっと小雪に蒔絵《まきえ》の小筥《こばこ》を見せ、

「八郎さまが下さったのよ」

頬を赤らめてそう言ったことがある。

が、頼朝との事は、小雪は聞いた覚えが一度もない。いや聞かなくても、三つ違いの妹である。姉のまわりにそんな秘密が立ちこめていたら、気がつかないはずはなかったろう。

——嘘だわ、そんなこと。

姉はそんな噂を知っているのか。もし知っているとしたら、どんな気持でいるのか。

とにかく会って真相をたしかめたい、と思ってもう一度御所を訪れたとき、

「千歳はこちらにはおりませぬ」

冷たい返事がかえって来た。

「まあ、なぜに」

わけを聞こうとした小雪の鼻先で、ぴしゃりと妻戸が閉じられ、中から、女房の声が答えた。

「わけがあって、今、ここにはおりませぬ」

小雪はとほうにくれた。

——姉さま、姉さまはいったいどこにいっておしまいになったの？ やっぱり御所

かったの？　さまのことはほんとうだったの？

が、姉は、どこからも小雪の問いに答えてはくれなかった。もうこうなっては、ほかに探す手だてはない。家のあるじ、大江広元でも頼るよりほか方法は考えられなかった。

ある夜、彼女は思いきって、主人にたずねてみることにした。

「あの、姉の千歳のことでございますけれど」

「ふむ、ふむ、千歳がどうかしたか」

広元は鎌倉の府の長官とも思えないやさしい口調でそう言い、小雪をじっとみつめた。

「此《こ》の間から、度々御所をたずねますが、どうしたわけか、一度も顔を見せませぬ」

「ふむ、ふむ」

「気になりまして、今日も参りましたところ、姉はこちらにはいない、という返事でございました」

「ほう」

広元は短く答えた。

「いったい、姉はどちらに参ったのでございましょう」

「はあて、な」

それから彼はゆっくり言った。

「御所の御用で、どこかへ出かけたのではないのかな」

「わかりませぬ。この事について何かお聞き及びではございませんか」

「いや、何も。わしは余り奥向きのことは聞いておらぬのでな、しかし——」

重くたれさがった瞼《まぶた》を静かにあげると彼はつけ加えた。

「何か変事でもあれば、わしの耳にも届いて来よう。が、今日まで何も聞いておらぬところを見れば、心配するにも及ばぬのではないかな」

「でも……」

小雪は不安げに、彼の顔をみつめた。

「姉について、妙な噂がとんでおりますことでもございますし……」

「噂？　ほう」

広元は呟《つぶや》くように言った。

「どんな噂がかな」

小雪は思わず言葉を呑《の》んだ。

——あの噂を、鎌倉じゅうに広まっているあの噂を、政所の別当ともあろうお方が知らないというのだろうか。

びっくりしたように、彼の顔を見守っていたが、やがて口を開いた。

「あの……何もお聞き及びではございませぬか」

「いや、何も」

広元は、さらりと答えた。

――まあ……。

小雪は、しばらく口もきけずにいた。五十を一つ二つ出たばかりにしては広元の顔の皺《しわ》は深すぎた。長い間幕府政治の中枢にあって、心労を重ねて来たせいかもしれないが、その白髪といい、瞼の垂れぐあいといい、六十に手の届きそうな感じである。しかも広元は、その重たげな瞼をなかなかあげようとはしない。居眠りでもしているように無表情で、何を考えているのか、まるきりはっきりしないのである。

――嘘をついていらっしゃるのかしら？

と思ったとき、彼は静かにたずねかけて来た。

「どんな噂かな」

「はい、あの……」

臼井八郎の死、頼朝の死因にまつわる噂などを手短に話しながら、小雪はじっとその顔をみつめていた。

広元の表情は全く変らなかった。人の噂をはじめて耳にするといった驚きは、毛筋ほども現われて来ない。

――やっぱり、ご存じなのだわ……。

しかし、広元は、小雪が語り終ると、

「ほう、そんな噂があったのか」

瞼を少しあげて、前よりはやや大きくうなずいた。が、それだけで、その事実が真実かどうかということにはまるきりふれずに、またその瞼はゆっくりと瞳《ひとみ》を蔽《おお》いかけた。

「……殿さま」

小雪は急いでかすかにあけられた瞳にすがるように言った。

「ほんとうに、そんな事があったのでございますか、とすれば、姉は……」

「………」

広元はだまっていた。眠たげな瞼は、もとどおり瞳を蔽ってしまっている。

ややあってから、彼は口を開いた。

「そういうことなら、よく御所の様子を調べてみよう」

「ありがとうございます」

小雪はその場にひれ伏した。小雪は主人が寡黙なのを知っている。誰がたずねて来ても、ほとんど無表情で腹の中をさらけだすようなことは決してしない。自分のことだから苛立《いらだ》ちもしたが、いつもの主人の態度からすれば、これだけ言ってくれただけでも、大変な好意と言わなければならない。

「よろしくお願いいたします。ともかく、姉がどうなったか、知りたいのでございます。何も知らされずにいることが、辛《つら》くてならないのでございます。私にはたった一人の姉でございますから……」

知らず知らずに言葉が口をついて出たが、もう眼の前の広元は、聞いているのかいないのか、返事一つしなかった。

それから数日経った。広元からは何の話もなかった。十日経った。が、それでも、広元は小雪に何も知らせてはくれない。

——殿さまはお忘れになったのか……。

小雪はしきりに気をもんだ。それとも、あれはその場の言いのがれだったのか。殿さまは人の噂も何もご存じでいながら、あのとき、初めて聞いたような顔をなさり、その場かぎりの返事をなさったのか……。

そういえば、彼女は、広元が来客を相手に、よくこんな手を使うことを知っている。

「ほう、ほう」

「ほう、左様で」

「そうでしたか。それは知らなかった。では何とかしてみますかな」

が、こんなとき、十中八九、広元はそのことをすでに知っていて、しかも何もしてやる気などないのである。

——殿さまが、そうしたお方だということを知っていながら、その言葉にすがろうとしていたんだわ、私。

ひどく絶望的な気持におちこんだ。広元が頼りにならないとしたら、誰に相談したらいいか。小雪は幾人かの顔を思い浮かべてみた。遠縁にあたる老婆はもう腰が立たなくなっていたし、父といっしょに合戦にいった郎従の仲間は、たいてい死んでしまっている。もう一人、近ごろ小雪に眼をつけているらしい芦名《あしな》の平太《へいた》のことも頭に浮かんだが、

——あんな小者は役に立たない。

小雪は、すぐさまその俤《おもかげ》を打ち消した。北条家と肩を並べる相模の豪族、三浦家の郎従で、時折り主人の使いで広元の所に手紙などを届けて来て、口をきくようになった若者であるが、恋のたわむれの相手にはなっても、こんなときの力になってくれそうな男ではなかった。

小雪が、思いがけず広元から呼ばれたのは、その数日後のことである。もうだめか、とあきらめていただけに、よけいに心をはずませて、彼女は広元の前に手をつかえて、その言葉を待った。

「小雪か」

例のもの静かな調子で彼は言った。

「忙しいので、ついおそくなったが、明日にでも御所に行ってみるように」

「では、姉の居どころがわかりましたので？」

それに答えず、広元はくりかえした。

「御所に行ってみるように」

三

通されたのは、いつも小雪が姉に会う女房たちの局《つぼね》ではなかった。

年かさの女房が彼女を導き入れたのは、石をしきつめた小さな前庭のある小部屋である。部屋の入り口で、女房はうやうやしく手をついた。

「いざ、こなたへ」

「小雪をつれてまいりました」

自分と同じように平伏するように、と目顔で女房は小雪に知らせた。顔をあげると、正面に、中年の尼僧と、同じくらいの年頃の武士が坐《すわ》っていた。

「尼御台さまですよ」

女房に囁《ささや》かれて、小雪は、瞬間体をすくませた。

前将軍頼朝未亡人、政子を見るのはこれがはじめてだった。気性の激しい人と聞いていたが、思ったより小柄で、鼠色の法衣の中に、ちんまりと埋もれている感じである。ただ出家遁世《とんせい》の姿にふさわしくないくらい、その瞳はいきいきとしていて、強い視線で、じっと小雪をみつめた。

「千歳の妹ですね」

これも思いがけないほど、若い、張りのある声音だった。

「あれのゆくえを捜しているとか聞いたが、まことか」

「はい」

小雪は平伏したまま、小さく答えた。

「ほう、やっぱりねえ」

顔をあげると、尼御台は傍にいる武将を顧みて薄い笑いを洩《も》らしていた。武将のほうもその頬にかすかに笑みを浮かべたようだったが、別に何も答えなかった。

——あのお方は？

尼御台にさほどへりくだった様子も見せないところを見ると、その弟の義時と思われた。

「ところで、そなた」

尼御台は強い視線をじっと小雪にむけて言った。

「千歳のことについて、さまざまの噂が飛んでいるのは知っていようね」

「はい」

と、威圧するような語気に気おされて、小雪は小さくうなずいた。

「臼井八郎のことも？」

「はい」

「亡き御所さまの御噂も？」

「……はい」

さすがにためらいながらそう答えると、尼御台は無言で傍らの武将の方をふりむいた。尼御台よりも細い、もの静かな瞳《ひとみ》が、小雪をみつめ、かすかに微笑した。

その間、ごく短い沈黙の時が流れた。

おそらく――。

針を落としても響く、というのはこのような瞬間であろう。尼御台も武将も、何も言わなかったにもかかわらず、小雪はその武将の静かな微笑に、よく斬れる刃物をつきつけられるような恐怖を感じたのである。

やがて、尼御台が口を開いた。

「で、そなた、その噂を信じているの？」

「………」

尼御台の強い視線の下で、小雪は自分の体が凍りついていくような感じがした。

こわい。

なぜだか知らないが、ひどくこわかった。尼御台の口調は、決して詰問の色を含んではいなかったが、その言葉の一つ一つが体にからみつき、ぎりぎりと手足を、胸を締めあげてゆくのである。

「どうなの、信じているの？」

尼御台にふたたびそう言われたとき、

「いいえ、尼御台さま……」

叫ぶように小雪は答えてしまったのである。

「……そう」

尼御台はまだ強い視線を小雪にむけたまま、それでも口許《くちもと》にかすかな微笑を浮かべて言った。

「それならいいのです。小雪。そなたの身の上を気づかっていたのだけれど、それならいい」

その声はしだいにやわらかくなっていた。

「そうですとも。ただの噂ですよ。小雪、そなた、その噂を信じていないのなら、別に千歳のことを気づかわずともよいではありませぬか」

「………」

「ね、そうでしょう。そうではないか」

やさしく、しかし重々しく、言葉は小雪の上にのしかかって来る。

「は、はい」

小さく答えて頭を垂れたとき、尼御台の声は、さらにやさしくなった。

「年若ゆえ、心細くもあろう。が、世の中はとかく口うるさいもの。ここはじっとこらえて――」

やんわり口止めにかかろうとしたとき、傍らの武将の瞳が、ふっと尼御台の口を封じた。

――それには及びませぬ。

というふうに彼は尼御台の口許をみつめ、それから、
細い眼が、小雪の顔をさしのぞくようにした。

「小雪と申したな」

「気づかいするには及ばぬぞ」

尼御台よりもむしろやさしい声音であった。

御所の外に出たとき、小雪は、ひどく疲れ、ものも言えなくなっている自分を感じていた。

御台所《みだいどころ》も義時も何一つ彼女をおびやかすようなことは言っていない。それどころか、口々にいたわりの言葉をかけ、心配するな、と言ってくれた。とぼけた返事しかしてくれなかった主人の大江広元にくらべれば、ずっとやさしい扱いをしてくれたと言えそうである。

が、それでいて、小雪は、こんな恐ろしい経験をしたことはなかった。なぜかわからない。が、二人と向きあっている間じゅう、まるで真剣をつきつけられているような思いをさせられていたのである。

——これはいったいどうしたわけなのか。

何か自分が、ひどく場ちがいの所に投げこまれ、出るに出られなくなってしまったような……その感じは、二人から解放された今でも変っていない。

踏みしめている大地がそのままふわふわと浮きあがって来そうな感じで歩いていると、うしろから、男の声によびとめられた。

「小雪さん」

ふりむくと、顔見知りの芦名の平太だった。幕府の有力者、三浦義村の所に仕える郎従で、大江の家によく使いに来る顔なじみである。

「どうしたんだ、どこへ行くんだ」

「いいえ、お邸《やしき》に帰るところ」

「そうか、俺も殿さまからのお文を持って、大江さまのお邸に行くところさ」

街の中で会うなどということは、これまでなかっただけに、平太はうきうきとしゃべりかけて来た。が、いくら語りかけても、ろくな返事もしないので、やっと、小雪の異常な様子に気づいたらしい。

「どうしたんだ。え?」

立ちどまると、じっと顔をのぞきこんだ。

「顔色が悪いじゃねえか、ひどく」

言ってしまってから、彼は、千歳にまつわる噂を思い出したらしい。

「何かね、姉さんのことでも……」

不器用にそうたずねられたとき、今までこらえて来た悲しみが、一度に体の外へ溢《あふ》れ出た。

「わあっ」

声ではなかった。悲しみと恐怖が、一度に叫びとなって噴き出した感じだった。小雪は子供のように顔を蔽《おお》い、大江の邸を目指して走りだした。

「あっ、待ってくれ、小雪さん。小雪……」

あわてて、平太はその後を追った。

主人からの手紙を大江家の郎従に手渡し、平太がそっと裏口に廻《まわ》ったときも、まだ小雪は顔をおさえてしゃくりあげていた。

「どうしたんだ、いったい」

せいいっぱい、やさしく言って寄りそって来た平太の胸に、小雪は倒れこんだ。

「びっくりしたぜ、ほんとに」

武骨な手が肩をなでてくれている。

――うん、わかってるぜ、俺は。

そう言いたげな平太に体をあずけたとき、小雪は、凍りついてしまっていた胸の中に、ひとすじ、温かいものが流れこんで来るような気がした。

「辛《つら》いんだろうなあ」

平太がぽつりと言った。平太自身、自分が何の役にも立たないことを知っている。が、それでも何とかしてやりたい――そんな思いが溢れている口調だった。

――なぐさめられるって、こういうことなんだわ。

さっき御所で尼御台と義時から聞いた言葉は、整ってはいても、何のなぐさめにもなっていなかったのだと、改めて気がついた。

「そうなのよ、ほんとうにそうなの」

思わず口に出すと、平太が不思議そうな顔をした。

「え、何のことだい」

「平太さん、何もかも話してしまうわ」

尼御台が口止めしかけたことが、ふと頭に浮かんだが、かまうものかと思った。

小雪が、平太にひそかに呼び出しをうけたのは、その夜のことである。

「こんな時刻に、と思ったんだけど、ちょっと来てくれないか」

平太は裏口から顔を出すと、ひどく真剣な顔付きでそう言った。

「いったい、何なの」

「ちょっと、あんたの身の上のことで、耳に入れておきたいことがあるんだ。手間はとらせないよ」

いつになく思いつめたような口調なのに誘われて外に出ると、

「うちの殿さまが待ってるんだ」

手をひかんばかりにして歩き出した。

「うちの殿さまって？　三浦の？」

「そうさ」

「どうして私なんかに御用なの」

足をとめずに、平太は言った。

「悪かったらごめんよ。俺、あんたがあんまりかわいそうなので、お邸へ帰って、殿さまに今日の話をつい申し上げてしまったんだ」

「まあ……」

「ごめんよ。そうしたらな、殿さまが、大江さまにはないしょで、あんたにぜひ会いたい、とおっしゃるのさ」

「……………」

「知ってのとおり、うちの殿さまは頭の鋭いお方だ。それに三浦の家は、北条と肩を並べる家でもある。きっと何かと力になって下さると思うよ」

たしかに三浦は、鎌倉武士団中、最有力の一つだった。領地はさして広いわけではないし、兵力も多くはないが、鎌倉と地続きの三浦半島を領有していることは絶対的な強みだった。だから、いったん事が起ったら、他の御家人が遠い本拠から兵をよびよせている間に、たちまち鎌倉を占領することができるわけである。この地の利を武器に、三浦氏は、幕閣ににらみをきかせていたし、北条氏も、彼ら一族に対しては、特別の注意を払っていた。

「その三浦の殿さまが、私に会おうとおっしゃるの？」

走りながら、小雪はたずねた。

「そうなんだ。思い立ったら気の早いお方でね。すぐ迎えにいって来い、と言うのさ」

大江の邸から三浦の邸までは、さほどの距離ではない。平太に導かれて、おずおず

と、広床《ひろゆか》に廻ると、三浦家の総帥、義村は、盃《さかずき》を片手に大あぐらをかいていた。二人の姿をみつけると、

「来たか」

気さくに言い、

「そばへ寄れ」

小雪が手をつかえると、歎《たん》じるように言った。

「いい娘だな。平太、そなたには過ぎた女ぞ」

「恐れ入ります」

首をすくめる平太を見ようともせず、

「小雪――とか言ったな。今日御所へ行ったそうなが」

早くもずばりと問いかけて来たところを見ると、噂に違《たが》わず、気の早い、頭の回転の鋭い武将らしい。

「はい」

「会ったのは、尼御台と？」

「義時さまと思われるお方です」

「ふうむ、まあ、その時の話をしてくれ、場合によっては、千歳をたずねる手助けくらいはしてやれるかもしれぬ」

大江広元とも、御所で会った義時とも違う、ざっくばらんな言い方だった。それに誘われて話し出すと、義村は時々大きなうなずき方をし、野性味をおびた眼をぎろりと光らせた。年のころからすれば四十がらみ、御所で会った義時とさほど違わないかんじだが、精悍《せいかん》さが体じゅうに溢れている。

小雪が話し終ったとき、義村はまたもやぎろりと眼を光らせ、大きくうなずいた。

それから、

「驚くなよ」

ずばりそう言って、小雪を睨《にら》むようにみつめた。

「は?」

「泣くなよ」

さらに彼は言った。

「気の毒だが、小雪、もうそなたの姉は戻って来んかもしれんぞ」

「えっ」

小雪は自分の耳を疑った。

「前将軍家にからまれたのが、運のつきだったかもしれぬ」

「そ、それはなぜに」

「事の発覚をおそれて、あるいは、闇から闇へと葬られたかも知れぬな」

「でも……」

小雪は必死だった。

「でも、尼御台さまは、はっきり、そんなことはあるはずがない、と」

「そうとも」

義村はせせら笑うように言った。

「だからこそ、尼御台は言ったのだ、わざとな。そんな事はあるはずもない、と」

「……」

「が、そういうことを言う人間が、じつはもっとも怪しいのだ。だから――」

言いかけて義村は、また小雪を睨みつけるように見据えた。

「小雪、わかったであろう、もう。頼朝公を殺したのは、実は尼御台御自身よ」

「え、えっ、何ですって」

小雪の狼狽《ろうばい》に取りあわず、義村は平然と言ってのけた。

「臼井八郎をやって頼朝公をひそかに殺させた。そうしておいて、臼井はその日のうちに、人をやって殺してしまった。事の真相を知っているのは、千歳ただひとり。とすれば、その身に何が起るか見当はつくだろう」

「でも、でも尼御台さまはどうして、そんなことを」

「人一倍やきもちの強いお方だ。もう子供の生めそうもないお年頃になったから、よけいに嫉妬《しっと》が昂《こう》じたのかもしれぬし、いや、それとも」

不気味ともみえる嗤《わら》いをその頬ににじませた。

「何かそのほかに、深いわけがあってのことか、それは知らぬ」

——こわいことを言うお方だ。

と小雪は思った。しかし、不思議なことに義村自身への恐怖は湧かなかった。姉の命もわからぬなどと、残酷なことを言っているにもかかわらず、何かひどく頼りになる人間のように見えてくる。

——大江の殿さまも、義時さまもこうではなかった。

はじめて本当の意味で力となってくれる人物を見出《みいだ》した思いである。

「ありがとうございました」

平伏すると義村は破顔一笑した。

「ちとおどかしがすぎたかも知れぬな。いや、これは俺の思いすごしで千歳はどこかに生きているかもしれぬ。そうであることを俺も望んではいるんだが。まあ、できるだけのことはしてやるからな」

「よろしくお願いいたします」

小雪のよろこびが伝わったのか、平太はひどくうれしそうだった。

「どうだい。話のわかるお殿さまだろう」

帰り道で体をすりよせて来た。

「ほんとうにいい方ね。よいお方にお仕えして、あなたもしあわせね」

大江家に曲がる雑木林のところで、ふと、平太は立ちどまった。

「な、いいだろう」

悔いはなかった。このよろこびをたしかめあうには、もうお互いのからだしか残っていないのだ、と小雪は思った。

四

それからまもなく、鎌倉には、また少し違った噂が流れはじめた。

「臼井八郎が頼朝を殺したのは、恋の恨みではない。御台所《みだいどころ》の政子の命をうけてやったのだ」

と言うのだった。やきもち焼きでは有名な御台所が、臼井八郎に命じ、頼朝と千歳を殺してしまった、という噂を聞いても、今度は小雪は驚かなかった。噂の出所もほぼ見当がつくし、そんな噂に狼狽しているに違いない尼御台を想像するのは、かえって気持がよかった。

——尼御台さまも、義時さまも、どんなお顔をしておられることやら、うまく私を丸めこんだおつもりかもしれないが、そう物事は簡単に行くものじゃないわ。

中には千歳の身の上を案じて、わざわざこの噂を伝えてくれる人さえあったが、もう小雪は、涙をこぼしはしなかった。

主人の広元に呼びとめられたのは、ちょうどそのころである。御所から帰って来た彼の脱ぎすてた水干《すいかん》をたたみ終って起《た》とうとすると、珍しく彼のほうで口を切ったのである。

「大分いろいろの噂が流れているようだが」

例の呟《つぶや》くような口調で彼は言った。

「なに、案じるには及ばない。噂というものは、つねにそうしたものだ」

それから、ふいに、例の垂れ下がった瞼《まぶた》をあげて、小雪をみつめた。

「と、三浦は申さなかったかな、小雪」

「えっ、何とおっゃいます」

危うく小雪はとびあがりそうになった。三浦の邸《やしき》に行ったのは誰も知らないはずなのに、この主人は、どこでどう聞きつけたのか。小雪の驚きなどは目にも入らぬというふうに、落ちつき払って、広元は続けた。

「そうではなかったのかな。いや、それはどちらでもいいことだ。小雪も今度は合点がいったであろう。噂というものが、どういうようにして起るかということがな」

「…………」

「それがわかればよい。いや、噂だけをとりあげるなら、今度の御所さまの御他界についてては、まだいろいろなのがあるぞ」

知っているか、と彼は一種とぼけた笑いを浮かべてみせた。

――まあ、このお方は、何でもご存じなのだわ。世の中の噂はいっこうに知らぬ、などとおっしゃったのは、やっぱり嘘。

広元は、そんなことには頓着《とんちゃく》せずに、ぼそぼそと続けた。

「木曾（義仲）どの九郎（義経）どの、そのほか平家の怨霊《おんりょう》だという説もある。それが一度にあらわれて、御所さまをとり殺したというのだ。かと思うと、あの橋供養の帰途、稲村《いなむら》ヶ崎《さき》のあたりで、海の中から一人の童子が浮かびあがって来た、というのもある」

「まあ」

「その童子が、はったと御所さまを睨みつけていった。我は安徳。さる源平合戦の砌《みぎり》、壇の浦に沈められた恨み、今晴らしてくれるわ。さあ、来い。今度はそなたが海の中に入る番じゃ――。こう言って、ぐいぐい御所さまを海の底へ引きずりこんでしまった。と、こういうわけなのだが、そなた、この噂、聞いたことはないかな」

「いいえ、私はちっとも」

首をふると、広元は微笑した。

「ほう、珍しいことよのう。もうそなたはとっくに知っているかと思った」

じじつ、そんな噂は初耳だった。が、不思議なことに、それからしばらくすると、たしかにこれとそっくりの噂が鎌倉の町に流れはじめたのである。

「殿さまの仰せの通りでございました」

小雪がある驚きをもって、そのことを伝えたとき、広元は、

「そうか」

重い瞼のあたりに、ちらと微笑をにじませながら言った。

「で、小雪、そなた、この噂を信じるか」

「いいえ」

即座に小雪は首を振った。

「木曾殿や九郎殿や平家の怨霊など、とても信じられませぬ。またそのようなものがあったとしても、それにとり殺される御所さまとは思えませぬ。ただ――」

言いさして、ふと広元をみつめた。

「ただ、心のどこかで、そうであってくれればいい、という気持はいたします。そうすれば、姉は御所さまの御他界とは全く無縁でございますから。となれば、いつかはこの鎌倉に帰って来るかもしれませぬゆえ」

広元は大きくうなずいた。微笑はいま、その皺《しわ》の多い頬にも、ゆっくりひろがっているようであった。

「そうであろう。噂というものは、おおむねそのようなものだ」

「は？」

「それが真実《まこと》であるかどうかは、どちらでもよい。が、それは、真実であって欲しいと思う人があるとき生れ、そう思う人が多いときほど、多くの人に伝えられてゆく」

「…………」

「そして、それらの噂を語るとき、人はしらずしらずのうち本心をさらけだすこともあるしな。また本心を吐かせようとして、わざと噂を流すこともある」

ふと、このとき、頭をかすめる思いがあって、小雪は無意識のうちに膝《ひざ》を進めた。

「殿さま、では……」

「何か」

「では、この前の、お話――御所さまが、九郎どのや平家の怨霊にとりつかれたというのは、殿さまがお作りになったお話ですか」

「いいや、そうではない」

苦笑いを浮かべながら広元は首を振った。

「それは都で流されている噂だ」

「まあ」

「都人が、どんな目で鎌倉や御所さまを見ているかがわかろうというものだが、そんな噂なら、できれば早くここへ伝わった方がいいとわしは思っている」

「なぜでございます」

「よもや鎌倉では、そんな事を考えるものはないからだ。が、五年、十年先、あるいはもっと先ということになれば、そうは言えなくなる。御所さまが御他界したときのことなど、知っているものが少なくなれば、噂のつけこむ余地はそれだけ広くなる。だからどうせ伝わるのならば、今のうちがいい」

とすれば、やっぱり眼の前にいる広元は、意識して都の噂を流しているのだろうか。彼はしかしそれ以上深くは語らず、

「まあ、姉のことは、それほど案じるな」

軽く言って、小雪を退《さが》らせた。その言葉はこの前のように、ひどく捉《とら》えどころのないものではなくて、彼女をひそかに元気づけてやろうとしているような、そんな温かみの感じられるものであった。

広元の言葉は、どうやら嘘ではなかったようだ。それから一月《ひとつき》ほど経って、小雪は、急に御所の女童《めのわらわ》から呼び出しをうけたのだ。

「ちょっとお出かけ下さい」

　という言葉に、また尼御台さまの御召しかと、体をこわばらせて出かけてゆくと、思いがけなく、女房の局《つぼね》の入り口で、姉の千歳が立っているではないか……。

「まあ、姉さん……」

　夢ではないかと思った。立ちすくんでいる小雪に、千歳はむしろ、不思議そうな顔をした。

「何て顔をしているの？」

「姉さん、姉さんに違いないのね、ほんとうに姉さんなのね」

　ひしとその肩にとりすがって、小雪は、ポロポロ涙を流した。

「まあ、どんなに心配したことか。どうしていたの。どこへ行っていたの？」

「知らなかったの、小雪」

　千歳は、びっくりしたような顔をした。

「御台《みだい》さまのお言いつけで、熊野に百日のお籠《こも》りをして来たのですよ」

「まあ……」

　じつはこれは内密の使いだった。

「御所さまの御病状がおもわしくないので、御台さまの身替わりで私がお籠りしたの。でもこういう事が洩《も》れると、都の噂がうるさいからというので、そっと出かけたのだけれど、臼井の八郎さまにだけは、それとなく、このことは匂わせておいたのよ。だから、きっと八郎さまからあなたへも伝えられたものだと思って——」

「じゃあ……じゃあ、姉さんは——」

言いかけて小雪は、まじまじと姉の顔をみつめた。

「八郎さまが亡くなられたのも御存じないのね」

「何ですって、八郎さまが——」

顔色を変えるのも気づかぬげに、小雪はつぶやいた。

「じゃあ、みんな嘘なのね」

「何が嘘なの」

小雪が噂のてんまつをかいつまんで話すと、千歳は呆《あき》れた顔をした。

「何言ってるのよ。御所さまは卒中でお倒れになったのよ。あの橋供養の日に……」

「ほんと？　ほんとなのね」

「誰が嘘をつくものですか。その御所さまが、どうして私に——。馬鹿馬鹿しい。それより八郎さまの事を話しておくれ」

もどかしがる千歳に、なおも小雪は念を押した。

「じゃあ、八郎さまがなくなられるときも、御所さまが御他界なさったときも、もう姉さんは鎌倉にはいなかったのね」

「きまってるじゃないの。御台さまはおっしゃったのよ。御所さまのお命は今日にも危い。が、もし万一おなくなりになっても、お籠りは最後まで続けておくれ、って。だからむこうへ行ってまもなく御他界のお知らせをうけたけれど、そのまま、お籠りを続けて、そのあと、御台さまの御安泰をお祈りするために、改めて一月お籠りして帰って来たのよ」

聞いているうちに、これまで小雪をとりかこんでいた囲いが、がらりと音をたてて崩れていくような気がした。

いちばん小雪をやりきれない思いにさせたのは、最も頼りになりそうに思われた三浦義村の言ったことが、最も真実とはかけはなれていて、最も信用できないようにみえた尼御台と義時の言葉が真実に近かったことである。

が、それでいて、今でも小雪は、政子と義時のすべてを、そのまま信じる気にはなれないでいる。

なぜなら、わざわざ御所に呼びつけておきながら、小雪にざっくばらんに真実を告げてはくれなかったからだ。

——いくら熊野の参籠《さんろう》が極秘だったとはいえ、あのとき、一言その事をあかしてくれれば、私はこんなに苦しまないですんだものを。

むしろ、考えれば考えるほど、あのとき、自分を御所に呼びつけた意味がわからなくなって来る。それに、こんなふうになってしまっては、顔があわせにくいのか、芦名の平太も、この所、さっぱり小雪の所に寄りつかない。

――が、それでもいい。

小雪は少し投げやりな気持になっている。不思議とあの夜のからだの記憶は消えてしまって、彼への未練のかけらも残っていないのだ。

もっとも、それから間もなく、若宮大路《わかみやおおじ》を歩いていて、小雪はふと彼の後ろ姿を眼にした。

――あ、あのひとだ。

それとも知らずに、脇路に曲がりかけた彼の藍色《あいいろ》の直垂《ひたたれ》の袖《そで》がちらりとひるがえるのを見たとき、

――あっ！

小雪は思わず息を呑《の》んだ。

ふいに、ある考えが頭に浮かんだのである。

――私と平太は、みごとに北条に利用されていたのではないだろうか。

自分から平太へ、平太から三浦義村へ――一つの噂を流したとき、義村がどういう反応をしめすか。そんなことまで、御所の二人は計算に入れていたのではなかったか。

こう考えれば、あの日の謎も何となくとけて来るような気がする。頼朝死去という

鎌倉の非常時にあたって、北条氏は、あらゆる手段を使って、御家人たちの反応を点検してみたのではないだろうか。

こうした時機には、さまざまの噂がつきものだ。それを抑えようとすれば、かえって噂は噂を生む。北条氏はこれをみごとに逆手にとったのである。

臼井八郎の死じたい、じつは事故死でも何でもなかったのだが、妙な噂がたちはじめると、むしろ北条氏はこれをよりどころにして、御家人達の腹の底をさぐったのかもしれない。

とすれば、あのとき、三浦義村が図にのって、政子の悪口をわめき散らしたのは、うまうまとその手に乗ったことになるではないか。

――恐ろしいこと……。

小雪は頭の血がすうっとひいてゆくような感じがした。

――噂って何だろう。ほんとの事って何だろう。私たちにその見分けがつくのかしら。

足許《あしもと》が急にゆれ出したような錯覚におそわれて、小雪はそのまま地面にかがみこんだ。

七百数十年後の現在、ちょっとこの事件に付記するならば――。かくも完璧《かんぺき》と思われた北条側の心理作戦は、しかし、最後に思わぬ失策をやらかした。

鎌倉幕府の公式の記録ともいうべき「吾妻鏡《あづまかがみ》」の中で、この頼朝の死の部分だけが伝わらなかったのだ。中にはこの死の部分が残っていては都合が悪いので消滅させてしまったのではないかと言う人もいるが、これは誤りであろう。「吾妻鏡」ははじめから北条氏のために書かれた記録なのだから、都合の悪いことなど、はじめからのせるはずはないのである。おそらく頼朝の死の部分は、きわめて慎重に作られた記録があったであろうのに、それが伝わらないおかげで、さまざまの死因説をはびこらせる結果になってしまった。

こうして中傷とデマの世界を、いかにも中世的だと笑って棄てることは簡単だが、案外こうしたことは、現在でもまかりとおっている。いや、情報化時代の波にのって、真実よりさらに真実らしい装いのもとに闊歩《かつぽ》しているかもしれないのである。

后ふたたび

川原の乞食《かたい》の話

ぬく手も見せず――というのは、多分ああいうのを言うんだろうよ。ともかく、あっという間のことだった。後ろから、心の臓を、それこそ、一突きで殺《や》っちまったんだからな。

あれは多分十七日――。寒いが月はかなり明るい晩だった。だから、奴――その殺られちまった奴だって、少し気をつけりゃあ、ずっとおのれをつけて来る奴があるってことぐらいわかりそうなものだったが……。そうだな、かなり、飲んでいるらしい足どりだったからなあ。

そいつは、ずいぶん上機嫌だった。足許の定まらないほど飲んだくれて、

今宵《こよい》は誰と寝む　小宰相と寝む
その味もよし　香もよし……

大きな声で、今様《いまよう》を口ずさんでいた。いま都でいちばんはやっているやつさ。たぶ

んそいつは、今から抱きにゆく女のことでも思いうかべてたに違いない。もっとも小宰相なんて、ごたいそうな名の白拍子《しらびょうし》なんかじゃありっこないにきまっているがね。

そのとき――。俺は見たのさ。

つつーうっと、黒い影が、男の後に吸いついてゆくのをね。

犬の遠吠《とおぼ》えがした。その声に重なって、男の叫びを聞いたようにも思う。が、それでおしまいさ。空をつかんで奴がのけぞると相手は、後から抱きつくように刺しこんだ刀を、ぐいっとひきぬき、馬乗りになって喉笛《のどぶえ》をかいた。

青黒い血が飛んだぜ。なに、嘘だろうって？　何言うんだ。乞食の夜目は三千里、っていうのを知らないのかね。

ともかくも、みごとな腕だった。場所もいい所を選んでいる。五条堀川《ごじょうほりかわ》――あたりに家はない。俺みたいな酔狂な乞食でもなけりゃ、この寒空の殺しに立ち合う奴はないだろうぜ。でも、さすがに、あたりを見廻《みまわ》す余裕はなかったらしく、刀の血糊《ちのり》を倒れている奴の水干の袖でぐいっとぬぐうと、そのまま急いで立ち去った。

その顔？　よく見届けたぜ。乞食の夜目は三千里だからな。五年経とうと十年経とうと、どんな人混みであろうと、よもや人違いはしないくらい、ちゃんと胸に叩《たた》きこんで憶《おぼ》えちまったよ。髭《ひげ》の濃い、眉《まゆ》の太い奴だった。

が、さしあたって、俺が目をつけたのはそれじゃあなかった。ろくにうめき声もあげずに倒れている野郎のほうよ。な、こういうことがあるから、乞食稼業はやめられねえってわけよ。さっきからじっと見ていた通り、こいつを殺ったのは、物盗《ものと》りじゃなかった。とすれば、このまま、奴を放ったらかしておくという手はないやね。

例の男の足音も聞えなくなったのを見すまして、俺は野郎に近よって、まず懐をさぐった。指先にひっかかったものを、引張り出してみると、絁《あしぎぬ》の切れっぱし。うまいぐあいに血はついてなかったが、思いのほかにしけた野郎だった。水干はもう血だらけだ。袴《はかま》はどうやら、と思ったが、大したものでもなさそうなのでこいつはやめた。こんなとき長居は禁物、早いとこずらかって、朝のうちに市場へ行ってその切れっぱしを叩き売って粥《かゆ》にかえ、たらふく食ってから、素知らぬ顔で戻ってみると、驚いたことに、まだ野郎の屍《しかばね》は放り出されたままよ。

よってたかって頓馬《とんま》な顔をしている奴らに聞くと、何でも検非違使庁の下ッ端だとかで、役人が一応見分に来たものの、こときれてるとわかると、仕様がないとか言って帰っちまったそうな。

「ほんとに油断できない世の中ですよねえ」

俺が話しかけた男は聞かれもしないのに、べらべらとしゃべった。

「検非違使庁ってのは、強盗や何かをつかまえる所なんでしょう。そこの人が、こんなふうに殺されるようじゃあねえ」

が、そんなことは、よくある事だよな。それより、死んでるとわかったら、大急ぎで帰っちまったあたり、いかにも役人らしいじゃねえか。奴らはきっと、これは調べてもわかりっこない、なまじ手を出しては面目をつぶす、と思ったのじゃないかね。ま、役人なんていつもそんなもんだ。

そうこうしているうちに、女が泣きながら駆けて来た。三十ももう半ばをすぎてるらしい、くたびれたのが、女の子の手をひいてやって来ると、屍にとりすがって、わっとばかりに泣き出した。

「お前さん、お前さんてば……」

髪をふりみだして半狂乱よ。

「だから、言わないこっちゃなかったんだよう。短気はつつしんでおくれって、言ったのにさあ……。ほんとに、こんなことになるんだったら……」

今となっては御赦免がうらめしい、というようなことを、女はきれぎれに叫んだ。どうやら、その言葉に、まわりの連中は心を動かしたらしい。口々にわけをたずねると、女は泣きじゃくりながら、こう語った。

何でもこの男は茨田惟清《まんだのこれきよ》とかいう、検非違使庁の下ッ端だそうな。群盗をつかまえにゆくなんてときは、抜群の働きをするが、そのかわり酒が入ると酒乱みたいになって人にからむ癖がある。それで、三月ほど前に、通りかかったどこかの役所の小役人に喧嘩《けんか》を吹っかけ、これを殴り殺しちまった。それでしばらく牢《ろう》にぶちこまれていたのが、この月のはじめ、鳥羽院《とばいん》の御病気のために、臨時の恩赦が行われて許されたんだそうだ。

「――こんな事なら、ずっと牢屋にいてくれたほうがよかったのに」

女がかきくどくと、まわりの連中は、そうだとも、そうだとも、と貰《もら》い泣きをした。

「恩赦をうけたんで、あのひと、いい気になってたんです。それでまた、きっとけんかでもして……」

「そうかもしれないねえ」

まわりはうなずきながら口々にいった。

「それにしても、誰かいあわせるとよかったのにねえ……」

「ほんとに一人ぐらい見ているものはいなかったのかねえ」

え？　そこで俺が出ていったかって？　とんでもねえ。誰がそんな親切心を起すものかよ。いいか、俺たちは人間の屑《くず》だ、人交わりはできねえことになってる。それが、何をのこのこ出ていって口出しすることがあるものかね。なに？　あの縄をとっておきながらだって？　あっはっは、それが乞食の掟《おきて》よ。人間さまのやる事に口出しはしねえ、そのかわり、お恵みだけは遠慮なしに頂戴《ちょうだい》するってね。

が、その俺でも、これだけは言えそうだぜ。こんどのは酒の上の喧嘩じゃなさそうだってことだけはな。あいつは狙われてた。相手はずっとあとをつけて来て、ばっさり殺ったのよ。とすれば、前に奴に殺された男の身内かなにか——という気もしたが、そんなつまらない口出しはしなかった。それが乞食の掟だし、あんなくたびれた三十女に、おせっかいをしてやっても始まらないもんな。もっとも、そばにいた娘っ子——十一か二くらいにみえたその子は、そんな女の産んだ子にしちゃ、珍しいいい娘だったが……。

菜津奈《なづな》の話

母が亡くなって、大炊御門高倉《おおいみかどたかくら》の徳大寺の大納言実能《さねよし》さまのお邸《やしき》に婢女《はしため》として上ったのは、十四のとき——。といっても、私がお仕えしたのは大納言さまではなく、その孫姫君で、そのときは九つ、すでに内大臣、藤原頼長《よりなが》さまの御養女になっておられたお方でございます。

と申しますのも、内大臣さまの北《きた》の方《かた》（正夫人）が大納言さまの御娘でしたので、同じお屋敷の中の、大納言さまは東の御殿、内大臣さまは西の御殿にお住いでございましたし、北の方は御子がなかったので、御自分の姪《めい》にあたるこの姫君を、小さい時分からお手許《てもと》で育てておられたのでございます。

もちろん、それには殿さまの大きな望みがあってのことでした。そろそろ成人に近づいておられた若い帝《みかど》のお后《きさき》がねに、というわけで、じじつ、私がおそばに上った時は、すでに帝の御後見役の鳥羽院の御内諾を得ておられたとか。いくら婢女とはいえ、

──姫君のおそばに……。

と命じられた時は嬉《うれ》しゅうございました。え？　行く行くはお后になられる方だからだろうって？　いいえ、そうではございません。その姫君が、お小さいながらも、あまり﨟《ろう》たけて、この世ならぬお美しさだったから──そして、これほどのお美しさを持つお方の御一生は、とうてい常人並みの安らかさで終るものではない、と思ったからでございます。お、ほ、ほ、ほ……。女というものには、ある勘がございます。とりわけ、私のように生まれ育ちました者は、どうやら、そういうことを背のびしてでも見たくなるものらしゅうございます、はい……。

もっとも、あのころの姫君は、おしあわせそのものでした。何しろ御養父の殿さまのおかわいがりようといったら、並はずれておいでしたから。

そうそう、あれは、私がおそばに上ってまもなくでございましたかしら、姫君の正式のお名前が選ばれることになりました。入内《じゅだい》に先立って従三位《じゅさんみ》の位が贈られますので、その位記に書くために、漢字の堅苦しいお名前がなくてはならなかったのです。

「さあ、何ときめようかな」

殿さまは、あけてもくれても、そのことばかりを口にしておいででした。そのころのしきたりとして、こういう名は学者に選ばせるのですが、殿さまは、御自分の一番信用している学者に、いくつか案を出させ、それを更に十人もの学者に示して意見を聞かれました。何でも、とことんまでやらなければ気のすまない方でいらっしゃいますからね、二日がかりで、やっと「多子《おおいこ》」という名に落ちつきましたが、そうきまると、早速北の方や姫君を召されて——いえ、私たちのように学問のないものにまで、御講義をなさるのです。

「毛詩《もうし》という唐国《からくに》の有名な書《ふみ》がある。その中に、后妃之子孫衆多也《こうひのしそんしゅうたなり》という文句があるのだ。つまり后妃にたくさん子が生れるというのだからな、こんなめでたい事はない。それに多いという字は、知っての通り、夕という字を二つ重ねる。夕を重ねるとは、すなわち君寵《くんちょう》多く、帝に侍《はべ》る夕が多いということでもある。どうだ、いい字であろうが」

このほか、むずかしいお話がありましたけれど忘れました。どうせ私たちにそんなお話をなさってもわからないにきまっています。それでも、そこまでなさらないと気がすまない——これが殿さまの御性格なのです。

何しろ大変な学者でいらっしゃいますからね。もっとも、お若い頃は、摂関家の公《きん》達《だち》に似あわず、狩や騎馬がお好きで、学問にはふりむきもなさらなかったそうですけれど、一度落馬して大怪我なさってから、すっぱりと悟って、学問に精を出されたのだとか。それもやるとなったら、すさまじい勢いで文字通り万巻の書を読み通され、日本一の大学生《だいがくしょう》という名をお取りになったのだそうですから、やりだしたら、とことんつきつめねばすまない御気質なのでしょう。

そんな御性格で、殿さまは、姫君を、とことんまでいつくしまれました。それが子として女としてお幸せなことかどうかは、また別でございますけれど。

――この子を帝の后に……。

そう考えられた以上、一つの手落ちもなく、その道をひた押しに押さねば気のすまない殿さまでいらっしゃったのです。

ところが――皮肉なことに、思いがけないことから、姫君の御入内は足踏みしなければならなくなりました。お美しすぎる方の御一生は、なだらかではありそうもない――と私が申し上げたのは、そこでございますよ、おほ、ほ、ほ……。

帝の元服が突然延期になったのです。というのは、その元服に奉仕する摂政忠通《ただみち》さまの御生母がなくなられ、しばらく喪に服さなければならなくなりましたので、じつはこの忠通さまと殿さまはお腹ちがいの御兄弟で、

「それは、それは、お気の毒な」

無理にもおくやみを言わなければならぬ立場にあられる殿さまは、表面は鄭重《ていちょう》に弔

意を表されましたが、突然のこの障礙《しょうげ》に、心足らわぬ御様子であられることは、ありありとわかりました。

でも、古くからおそばに居る男たちの話では、異母兄君《あにぎみ》が殿さまの御運のお障りになったのは、これが初めてではないのだそうです。

「因果な御兄弟だよ」

男たちは、そう申しました。

「この大事な時期に、わざわざあちらの母君が死ぬなんていうのも、まるで筋書き通りっていう感じだなあ」

「まさか、そう思っても死ねるもんじゃないぜ」

「いや、そのくらいの執念はないはずはないだろうよ」

私は男たちにきいてみました。

「じゃ、忠通さまは、こちらの姫君の御入内は快く思っていらっしゃらないのね」

「それにきまってるさ。だから多分、涙の蔭《かげ》でぺろりと舌を出してるかも知れない」

男たちの話によると――。

忠通さまはもう長いこと関白や摂政をつとめて、いっこうに動こうともなさらないのだとか。こちらの殿さまは十七の若さで内大臣になったものの、そのまま二十九の今まで足踏みを続けておられるので、内心やきもきしていらっしゃる。しかもお二人の父上で、今は宇治《うじ》に隠居しておられる大殿の忠実《ただざね》さまは、こちらの殿さまの学才を愛され、一度はこちらに世の政《まつりごと》を任してみたいとお思いなのだそうです。

今度の入内は、これまでの状態にゆすぶりをかけるまたとない妙手であったわけなのに、それがこんな形で延び延びになっては、殿さまの御無念はやる方なかったかもしれません。

男たちの話を聞いているうちに、私はあることに気づきました。男たちの中には、殿さまたち御兄弟の間のお争いを、面白おかしく話す男たちと、すっかり殿さまに心服して、一日も早く関白におなりになるのを心待ちしているのと、二組があるのです。

「なあに、お偉い方の間によくある争いさ」

そう見ている連中は、殿さまのとことんまで物事を追いつめるやり方を、

「気が疲れてならない」

と言います。が、もう一方の連中は、

「そこが、ふつうの公卿《くぎょう》とは違うところだ」

と言いたいらしいのです。

「眠っていても大臣になれるお家柄に生れて、あれだけ御勉強になっている方は珍しい。おそらく藤氏《とうし》はじまって以来のお方ではないか」

だから、摂政関白になりたいというお望みも、単なる野心ではないのだと言うので

す。

「ただ偉そうな顔をして天下の政を左右したい、というのではない人だ。これまできわめられた道理に従って、政を正そうというおつもりなのさ」

京の都が定まってすでに二百数十年、すでに世の中が昔の姿を崩してしまっているのを、元に戻せるのは殿さまだけなのだそうです。

「見ろよ、公卿をはじめ役人どもの怠けぶりを。この腐りきった世の中を直せるのは、あのくらい、きびしい方でなくては駄目さ」

従者のひとり、秦公春《はたのきみはる》などという男は、最も殿さまに傾倒している一人でした。

「俺は学問がないからくわしい事はわからない。でも、宮中でも心ある公家《くげ》たちは、今、本当に政治のできるのは殿さまだけだ、と思っているらしい。早く摂関の座に坐《すわ》っていただきたいと思うなあ、俺は。そりゃあ殿さまは、ほかの方より厳格だ、時には厳しすぎることもある。でも俺は殿さまのお言いつけなら何でもやる」

私はちょっとこの男をからかってやりたくなりました。

「へえ、じゃあ、人殺しをせよ、とお命じになったらするつもりなの」

公春の眼の色は、明らかに揺れました。苦しそうに眼を逸《そ》らせてから、やがてうめくように言いました。

「する」

さらにしばらくして付け加えました。

「いや、げんに、それに近い事を俺はやっている」

片意地な男なのでしょうか、それとも、男にそう言わせるだけのものを、殿さまがお持ちなのでしょうか。

ふたたび川原の乞食の話

やけに寒い日だった。一日中、雲が低く垂れてやがって、風ひとつ吹くわけじゃなかったが、こんなときが、都じゃいちばん寒いんだ。が、俺は今夜、その寒さを吹っとばすようなものを見ちまったってわけよ。え？何だって？　なあに、見たところは、何のへんてつもない大臣の行列だがね。何でも内大臣の娘っ子が、帝《みかど》の后《きさき》になったという。娘だともいうし、養女ともいうが、そんなことは俺の知ったことじゃない。何しろ娘は十一、帝は十二だとかいうから、ほんとの夫婦になれる年頃ではないようだがね。

いや、そんなことはどうでもいい。ともかく、親元の内大臣は内裏へ出かけて、何やら行事をすませ、大炊御門高倉の邸《やしき》に帰るところだったようだ。

「しいっ、しいっ」

先払いの声がしたんで、俺は急いで横っ飛びに築地塀《ついじべい》の際にへばりついた。何しろこの大臣のお供ってのは気が荒いんで知れてるんだ。道で行きあった公家の挨拶《あいさつ》のしかたが悪いといって文句をつけたり、ほかの供人《ともびと》と喧嘩《けんか》したり……。何でもその大臣てえのが、気が強いもんでそういうことになるらしいんだがね。

そんな手合いにかかわりあっちゃ、命が危い。大急ぎで俺は這《は》いつくばった。いや、這いつくばろうとしたんだが、先払いは、もうそのへんまで来ていたんで、ひょいとそいつの顔を見てしまったってわけよ。

まあ、驚いたのなんのって！

え？　その男の顔よ。忘れもしない五、六年前に見た、あの顔なんだ。うん、あの晩に酔っぱらっていた検非違使庁のあの男を殺した奴よ。

よもや、見違える俺じゃあねえ。乞食《かたい》の夜目は三千里だものな。忘れようたって、忘れることのできない面よな。

世の中ってえのは、わからんもんだな。いや、そのあたりがおもしろいところかもしれねえがね。それにしても、この俺さまの知恵も、なんとみごとなものか。あのときあの女の愁嘆場へ飛びだして、お前の男を殺したのはかくかくこういう男だなあんてぺらぺらやろうものなら、今ごろどうなっていたかわからない。

それにしても——。何で殺《や》ったのかなあ。女の恨み？　そんなことでもなさそうだしなあ。が、内大臣のお供ともなれば、豪儀なもんだぜ。人を殺っちまっても、ああして平気な顔をして、世の中をまかり通れるんだからな。

ふたたび菜津奈の話

殿さまにとっては長い一年でした。忠通さまの喪があけて帝の御元服、そして姫君の御入内《じゅだい》——。ちょうど一年おくれて、それでもやっと事はすみました。もっとも、姫さまにとっては、かえってそのほうがよかったのではないかと思います。あけて御年十一、ちょうどその少し前に、女のしるしを見られたのですから、まるでお雛《ひな》さまのようにお小さい花嫁とはいえ、ともかく、「女」としての御入内が叶《かな》ったわけでございますから。

まだお胸のふくらみなどもほとんどおありにならなくて、女とお呼びするのは、痛々しいくらいでしたが、でもそのかわり、あの年ごろの女の子だけが持っている、透きとおるような初々しさが匂いたって、そのお美しさは、ぞっとするばかりでございました。そうです。もろくて、崩れそうな、妙に禍々《まがまが》しい思いを抱かせるお美しさでした。お美しすぎるということは、そういうものかもしれませんけれど。おほ、ほ、ほ……。

でも、どうやら、平穏に事は済みそうにないと思った私の勘はみごとに当りました。入内なさって女御《にょうご》になられて半年も経たないうちに、今度は関白忠通さまの御養女、呈子《しめこ》さまが入内なさったのです。

そうです。またしても御兄弟争いです。今度は兄君が正面切って戦いを挑んでいらっしゃったのです。これにはしかも大きな後押しがありました。鳥羽院の御思いもので、帝の生母である美福門院《びふくもんいん》です。女院《にょいん》はどういうわけかこちらの殿さまがおきらいで、忠通さまをごひいきでした。何でも門院のお家柄があまりよくないのを、殿さまが例の御気性で、あからさまに蔑《さげす》んだからだとか……。ともかく今度のことの蔭《かげ》で女院が動いておられるのはたしかで、まず御自分の血筋でもある呈子さまを養女にされ、それを改めて忠通さまの御養女にして入内させたことでもわかるというものでございます。

もちろん殿さまも負けてはいらっしゃいません。自分を殊のほか愛しておられる宇治の父君を後楯《うしろだて》にして、呈子さまの入内前に多子さまを皇后の位におつけになってしまいました。もちろん女院も鳥羽院もそのことに乗り気ではいらっしゃらなかったのを、無理にも事を運んだのです。これで一応姫君の地位は固まりましたが、この無理じいのごり押しが、院や女院にどれほど御不快の念を与えたかを思えば、損得どちらと申したらよろしいのか、特に女の恨みは恐ろしいものでございますからねえ。

多子さまの立后がおすみになると、一月もしないうちに呈子さまが宮中に入って来られました。そして二月後には同じく立后して、中宮にお立ちになりました。と、こうなると、殿さまのお悩みはまた新たになってまいりました。と申しますのは、まだ十一というお年弱な姫君に対して、呈子さまはもう二十。りっぱに一人前の女でいらっしゃったからです。

十二歳の帝がこの二人の女人の、どちらに興味をおしめしになるか——これは、はたから、そそのかし申し上げることではないだけに、ただ気を揉《も》むよりほかはないわけでございまして……。

え？　当の多子さまがどうだったかって？　おほ、ほ、ほ……。そりゃあまだ十一でいらっしゃいますからねえ。それに、おきれいな雛人形のように、口数の少ない方でございましたし……。

——今月はどうか。

そっと殿がお顔を窺《うかが》っても、ただおきれいなばかりで、それにお応《こた》えになる御返事は、何ひとつなさらない……。いえ、お笑いになってはいけません。そのころ、皇子を生むか生まないかが、おきさきの、ひいてはその御実家の運の別れ目でございましたから。なるべく早く皇子を産んで皇太子の座につけ、なるべく早く登極《とうきょく》させて、その後見役として摂政・関白になる——これが当時の定石で、裏返して申せば、帝の御外祖父にならねば、ほんものの天下一の方とはなれないということで……。

殿さまはそれまでに左大臣になっておられましたが、関白の座は兄君がいっこうにお譲りになる気配がありません。それを無理にも兄君の手から引剝《ひきは》がす手だてはたったひとつ。一日も早く外祖父になることでございました。が、呈子さまのような、いわばいつみごもられても不思議はない女人が兄君の養女として入って来られては、それも覚束《おぼつか》なくなります。

殿さまは、あきらかにお苛立《いらだ》ちの御様子でした。野望の鬼といったすさまじさを折々のぞかせる殿さまのお顔を見て、ぞっとすることもございましたが、思いのほかに、従者たちの間には、

「それも当然」

とする気配がございました。

「何しろ本当に政治のおできになるのは、うちの殿さまだけだからな」

「常人の及ばぬ若い日の御研鑽《けんさん》も、すべて後日のためだったのだから」

そういえば管絃《かんげん》とか和歌とかのお遊びはお好みになりませんでした。きびしく政治ひとすじをみつめておいでになったその殿さまが、お后の御懐妊といった偶然のことで御運を摘みとられてなろうか――というのが、従者たちの思いだったようでございます。

いいえ、従者だけではございません、宇治の父君もそうでした。何度か殿さまのために、兄君に説いて摂関の座をゆずらせようとなさったようですが、一向に埒《らち》があかないとみると、兄君の意表をついた手をおとりになりました。

すなわち、兄君の関白はそのままに、殿さまを氏の長者にして文書内覧《もんじょないらん》の宣旨《せんじ》を無理にもおしとられたのです。むずかしい事はわかりませんが、氏の長者というのは藤原氏の一の人、文書内覧というのは、いろいろの書類を、天皇より先に見る役で、じつはこれこそ摂政・関白のお役目なのです。もともと摂関、文書内覧、氏の上《かみ》は一体のもので、一人に与えられるものを、父君は無理やりに力ずくで打ち割って殿さまにお分けになってしまったのです。

でも考えてみれば、おかしなことではございませんか。学問にくわしい殿さまなら、これがりくつにあわないということはすぐおわかりのはず。が、一言もそう言わずに父君の下さったものを手に入れるとは、男とは自分のこととなると、身勝手なものでございます。

でも、このときの殿さまは、そのようなことをお考えになるゆとりはおありにならなかったようでございます。

――時こそ来たれ！

とばかり、念願の御政治に着手されました。たしかにそのお腕前のほどは、人の眼を見張らせるようなものだったようでございます。

「みろ、朝廷に筋金が入って来たぞ」

従者たちは口々にそう申しました。

「怠けている官人が、ちゃんと仕事をしはじめたものなあ」

「そりゃあ殿さまが役人たちの出欠をきびしくなさったからだよ」

でも……。

じつは私、そう手ばなしでほめていられないことも知っております。宮中から急ぎのお使いで大炊御門高倉のお邸《やしき》にまいります途中で、

「ひどい世の中になったものさ」

ぶつぶつ不平を言っている年老いた官人の繰り言を耳にしてしまったのでございます。

「左府《さふ》の世の中になってから、情容赦がなくなった」

その男もちょっとした手落ちから、出仕を止められたとか。しかも上の者はいつも罪を下にかぶせるので、損をするのは下役ばかり……。そんなことは左府ご自身はご存じあるまいとその男は傍らの男に洩《も》らしておりました。

「今までのお偉方は、みんななげやりだった。が、今度のお方は違う。いい事をやっているつもりなんだ。それでいながら、とんだとばっちりをうけるものがいることとな

んかはご存じない。いい事をやってると思ってるだけにしまつが悪い」

いいことを言うではございませんか。

え？　それをお耳に入れたかって？　とんでもない。申し上げれば、私がお叱りをこうむるだけですし、もしその男をたずねだせなどということになりましたら、それこそ気の毒でございますからね。

が、それからまもなく、殿さまのお得意ぶりに冷水をあびせるような事が起りました。

呈子中宮さまに御懐妊のお噂が流れたのです。

「な、なに、それはまことか」

多子皇后さまの御局《つぼね》においでになった殿さまに、女房衆の一人が、こっそり耳うちなさったときの殿さまのお驚き方といったら、一瞬声も出ないという御様子でした。

まことにいびつな形で政治の大権をお手にいれられた殿さまは、これが長続きしないことはよく御存じのはず。ここでもし呈子さまに皇子がお生れになってしまえば、もう先は見えています。やがて、立太子、御譲位ということになれば、呈子さまの御養父、忠通さまの座はゆるぎないものにおなりのはず……。

「で、多子姫には、その御様子は？」

せきこんでたずねられるのに、

「それがどうも」

女房衆は頼りなげな御返事。

「う、して……帝《みかど》のお渡りは」

謹厳な殿さまは、口ごもりながら、おたずねになります。

「はあ、時折り」

「時折り？　それはいかんな。もっとしばしばお渡りがあるようにしなければ仕様がないではないか」

こんなことについて、女房衆にものを言われるときも、つい、いつものきびしい口調が出ておしまいになるのでございますよ。お、ほ、ほ、ほ……。

女房衆は、すっかりちぢこまっておいででした。

「は、何とも申しわけございませぬ。が、それは何もこちらばかりではございませんので……。あちらさまにも、月のうちに数えるほどしかお渡りがないようでございます」

「が、それにしても、げんに、中宮はみごもられたというではないか」

「は、はい……まことに申し訳ないことで」

まわりで笑いをこらえるのに苦労してしまいました。女房衆が、まるでわが手落ちのように恐れ入っていらっしゃるのですもの。

「ほんとうに申し訳ない次第でございます。でも……あの……まだお若いせいでございましょうか、帝はほんとうにあまり御執心がないようで……」

「それはいかんな。ともかく、あちらがみごもられたとしても、まだ御出産には間もある。その間にどうか姫にも御懐妊の兆しがあらわれるように、まわりの者も、帝がお渡りになったら、お引き止めするとか、またすぐお出下《いで》さるようなふうに仕向けねばいかん」

「は、はい」

「姫にも、そのことをよく御心得になるように……そうさな、おいくつになられたか」

「御十三でいらっしゃいます」

「ふうむ、それにしては御入内《じゅだい》のときと全く変っておられぬな」

嘆声まじりにそう言われたのは、呈子中宮との九つの年の違いを今さらに感じられたからかもしれません。たしかに姫君はあのとき以来、ちっともお変りになってはいらっしゃいません。透きとおるようなお美しさには、ますますこの世ならぬ光と翳《かげ》が加わったように思えて、女の私でも思わず見とれてしまうくらいでございます。が、あの御入内の夜そのままに凍りついてしまったような姫君のお美しさそのものが、今の殿さまには、もどかしくてならなかったのでございましょう。

「ともかく、そのへんのところをよく心得られるように、姫君にも、とっくりと話をしておいてほしい」

「は、はい」

帝をいかにお傍にひきとめておくか——それはつまり女としての多子さまのおからだがいかに帝をおよろこばせできるかということでございます。いくら上品な装いをこらしていても、しょせんはそれだけのことでございます。いえ、むしろ、下層の人々なら、金や着物や食べ物で釣ることもできましょう。が、ここは、一切そうしたものは通用しないところなのです。それは一時のお慰みに、名筆の書いた扇とか、美しい桜の枝とかをさしあげてお気を引くこともできましょうが、しょせんそれらはお愛想、残るところは、裸の女でございます。そうです、あの、きゃしゃな、胸のふくらみも覚束《おぼつか》ない多子さまのおからだ一つなのでございます。

うわべは、まことにみやびやかで、そのくせ、もっともいやらしい勝負をしている——それが宮廷でございます。そのためには、女房たちは、どんな恥しらずなことでもお教えせねばならないのです。宮中の女房たちの、ふしだらが、悪口をいわれながらも一方で人気を持ち続けましたのもそのせいで……。ですから、そのかみの御堂《みどう》殿下（藤原道長《みちなが》）の御世《みよ》にも、実はと申せば、才学たけた紫式部《むらさきしきぶ》さまよりも、浮かれ女和泉式部《いずみしきぶ》さまの方が御意にかなったわけでございます。

え、いうまでもなく、いつの世にも、達者な女房のひとりやふたりには事欠きませんもの、さっそく、お姫さまへの御心得のお話が始まりました。ええ、それはもう、ほんとうに手とり足とり、口うつしでございます。男のどこにふれればどう喜ぶか、お迎えしてから、どのようにおあしらい申し上げるか……。おかげで、こちらも耳学問はいやというほど……。おほ、ほ、ほ……。

え？　それで、姫君の御首尾は、ですって？　おほ、ほ、ほ……。そのことはまたあとでお話したほうがよろしゅうございましょう。それより、もう一つ、残る手だては御祈禱《きとう》でございます。どちらかというと殿さまはそうしたことや、縁起かつぎはおきらいでいらっしゃったのですけれど、今度ばかりは特別で都の中の各社から南都《なんと》の興福寺《こうふくじ》、春日《かすが》の社にまで、ひそかに使がつかわされました。お蔭《かげ》で私も女房衆のお供をして、南都までおまいりに行きましたの。久々の遠出——それも楽しゅうございましたけれど、それにもうひとつ、例の秦公春が、お供について来てくれることになりましたので……。私、もうずっと前から、あの男と逢瀬《おうせ》を持っておりましたのですけれど、宮中で体を縛られておりますと、なかなか機がございませんのでね。ほんとうに楽しゅうございましたわ、あの旅は。女房衆には、殊勝におこもりをしているとみせかけて、公春とひと晩中たわむれておりましたの。あの、宮中で古女房衆に聞かせて頂きましたことが、そのまま役に立ってしまいまして、

「お前、どこで男と会ってたんだ」

公春は、はじめはそう言って疑ったくらいでございました。

え？　せっかくの御祈禱が、それでは何の役にも立つまい、と仰せられますの？　どうぞお気づかい下さいますな。そんなものは、じつを申さば、初めから何一つ役には立たなかったのでございますよ。

ええ、はっきり申しあげましょう。

帝はそのようなおからだではおありになりませんのです。ええ、初めからでした。ですから、たまにお渡りになっても、お二人は御兄妹《きょうだい》のようにお物語遊ばして、そのまま枕を並べておやすみになるだけでございまして……。ま、ほかの方がどれだけ御存じかは存じませんけれど、私はこの眼でたしかめております。姫君がいつまでも透きとおったお美しさそのままでいらっしゃるわけも、これでおわかりになりましたでしょう。おほ、ほ、ほ……あのような、この世ならぬ美しさをお持ちの方が、尋常な御一生を終るわけがない、と申しあげましたのは、そこでございます。あの腕ききの古女房が、いかに姫君に御心得をおさとし申し上げても、しょせん何の役にも立たないわけでして……。

え？　呈子中宮さまのほうのお噂？　そりゃあもう、いつもの目くらましでございますよ。男と女の仲はわからないものでございますからね。御懐妊という噂が広まれ

ば、

——こちらでは駄目であったけれども、さてはあちらでは……。

と、相手は心が揺らぎましょう。それがつけ目なのでございます。

——さて、どういう手をうって来るか。

多分中宮さま方は、にやにやして、こちらをごらんになっているのではございますまいか。何しろ後見についていらっしゃる美福門院さまは、そういう駆け引きにかけては、すご腕のお方でいらっしゃいますから、こちらをさんざん焦《じ》らしておいて、いいかげんのところで、御流産——ということにすればよろしいわけでございます。それも、誰かの呪詛《じゅそ》によって、ということにでもすれば、その先どうなりますことやら。いえ、そのあたりまで、女院《にょいん》は、ちゃんと考えにいれておいでなのではございませんかしら。生真面目に正面からひた押しに押してゆく殿さまとは、はじめから、役者の格がお違いなのです。

それにしても、子供多かれと、名づけられた多子さまが、はじめから子供とは縁のない御生涯を余儀なくさせられるとは……。世の中というものは、わからないものでございますねえ。が、思えば殿さまのおやりになることはみなそうではございませんか。子供を産めといって、子供を作れぬ男に嫁がせる。しあわせになれといって、女にとって、男の味ひとつ知らぬ生涯を送らせる。正しい政治をやるのだといって、下の者をしめあげる……。

しかも、それが相手にとってもよい事だと信じていらっしゃるだけに、よけいに始末が悪いのでございます。なまじお美しく生れついて、ここの殿さまにめぐりあわれたことが、姫君の御運のなさなのでございましょうね。

え？　姫君が、あまりにお気の毒だって？　おほ、ほ、ほ……。そうかも知れませぬ。でも雛《ひな》のようにお美しいあの方は、それについて何も仰せられませぬ。お后《きさき》というものは、こういうものなのだ、と初めから思いこんでおいでなのでございましょうかねえ。例の御心得を聞いても、それこそ眉根《まゆね》ひとつお動かしにならず、不思議なよその世界のお話が耳に入って来る、というような顔をしていらっしゃいました。ええ、帝《みかど》がおいでになっても、御心得をおためしになっている気配は一向にございませんでした。

諦《あきら》めておいでなのでしょうか、それとも……。とかくこうした上《うえ》つ方《がた》の姫君には、わかったような、わからないような、薄気味の悪い方もおいでございますからねえ。

三たび川原の乞食の話

危ねえ、危ねえ、もうちょっとで、とんだへまをやるところだったぜ。あんな奴が、宇治にひょっこり顔を出すとは思ってもいなかったものなあ。

いや、なに、この頃は、都から南都への客の往来が激しくてね、特に宇治のあたりに網を張っていりゃあ、結構いい稼ぎになるのさ。それも、なあに、人を殺《や》るとか何とかいう物騒な荒稼ぎじゃねえ。船に乗ったり降りたりで、うっかり気が抜けてしまうお方のお忘れものや何かを、そっと頂くだけの、みみっちい了見だ。

それにあの宇治のあたりにゃあ物売りがいる。渡し場の客相手に食い物を売ったりしてるんだが、都でくすねた絹やら綿やらをかついで行けば、奴らにけっこういい値段で売れるのさ。それに、川の向うに、じつは、俺たちのお宝の隠し場所がある。誰かの別荘だったんだろうが、長い間空家になっているのを仲間が見つけてね、陽気のいいときは、俺たちも人さまなみに都から出かけていってそこで一休みとしゃれこんでいたんだ。

で、今夜も、ろくな稼ぎもなかったが、そこで一杯やろうという仲間と川を渡って行ってみて驚いた。すっかり俺たちのものになっているその空家に灯がついている。

「こいつは、おかしい」

俺たちは足をしのばせて、灯に近づいた。

「とんでもねえ奴等だ。俺たちの栖家《すみか》を荒そうっていうならただではおかねえ」

自分の家でもないのに、息まいていた奴もあったが、中をのぞいたとたん、

「よせ、よせ」

俺は声を殺して仲間の肩を押した。

中にいたのは男と女だった。女は下着ひとつまとってはいなかった。さんざんたのしんでおきながら、まだ物足りなさそうな顔をして寝そべっている。なかなかいい女だった。

が、それよりも、俺がぎょっとしたのは男のほうよ。

あいつなんだ。

例の奴よ。八、九年も前になるかなあ。都大路で一太刀で検非違使庁の下っ端を叩《たた》き切った、あの男よ。

——縁起でもねえ。どうしてこの男と顔をあわせることになるのか……。

いやあな気がしたねえ。仲間は、

「へっ、女と乳繰りあってやがって、叩っ殺してやりてえ」

なんて息まいていたがね。

「まあ、やめとけ、やめとけ」

川原まで来て、あいつの腕の冴《さ》えを話してやったんで、皆、不承不承引き返したってわけよ。あとでわかったんだが、どうやら、あいつらは南都へ行っての帰りだったらしい。そういえば、このあたりは、左大臣の親父どのの別荘だからな。おえら方がそこへ泊っている間に、奴め、ぬけ出して来て、いいことしていたんだろうよ。

いや、じつをいうとね、俺が急いであの場を抜けて来たのはそれだけじゃないんだ。つれの女よ。どこかで見た顔なんだが思い出せない。こんなときは、こっちが身を隠すにかぎる——てえのが、乞食の掟《おきて》だからな。

あれからずっと考えてるんだ。どこで会ったかって……。どうもわからない。ともかく、昨日や一昨日の事じゃなさそうだ。いい女でなあ、なかなか……。

ええと、うん、待てよ。

あっ！　そうか。

ふうむ、これは……。こりゃあいったい、どうしたわけなんだ。

思い出したぞ、あの娘ッ子。例のあいつに殺られた男の娘……。あのときはせいぜい十一か二の小娘だったが、ふうむ、いい女になりやがって……。でも、おかしいじゃねえか。その女がどうして手前《てめえ》の親父を殺した男と寝てるんだ。思いがけない廻《めぐ》りあわせって奴かね、おもしろいね、これは。世の中なんてえものは、間々そういうこともあるもんだよな。

でも、女も、あいつも、全くそれに気がついていないとしたら……。ふ、ふ、ふ、ちょっと知らせてやりたいような気も起きるというもんだなあ、はて……。

三たび菜津奈の話

おほ、ほ、ほ……。それはご親切さまに。でも御心配なく。私はとうに知っておりましたの。え、そりゃはじめからではありませんけど、懇ろになってから、まもなく、吐かせてしまいました。もっとも、あの男の方は、私があの茨田惟清の娘だなんて知りません。それに、あのひと、あの後まもなく病気にかかって死んでしまいましたもの。

ええ、恨んでなどおりませんわ。だってあのひと、自分からではなく、言いつけられて父を殺しましたの。しかも、それをお命じになったのが殿さまだったのでございますからねえ。父は何とかいう小役人と喧嘩《けんか》し、相手を殺してしまったのですけれど、うまいぐあいに恩赦をうけて出獄したのが殿さまのお気に召さなかったらしいのです。その小役人が、たいへん仕事のできる男だったので、

「あのような男が殺され、相手が恩赦に預るとは何としても不公平だ。殺してしまえ」

とおっしゃったのですって。

殿さまらしいなさり方でございますこと。ええ、いまさらお恨みはいたしません。

恨んだところで私などに何ができましょう。私にできることといえば、せめて、そのお傍にいて、そっとその御様子を拝見していることぐらいでございます。自分の親を殺された娘が、じっと見ているのを、殿さまはちっともお気づきにならない――。それだけで十分ではございませんか、おほ、ほ、ほ……。

しかしまあ、ごらんくださいませ。私が何をしなくても、殿さまは、あんな無慚《むざん》な御最期をお遂げになったではございませんか。

殿さまの御運が落目になられたのは、帝が十七歳のお若さでなくなられてからでございます。あの皇子中宮さまの御懐妊騒ぎ――やはりあれは空騒ぎでございましたけれど――の三年ほど後、お体が悪い上に、眼も見えなくなられて……短い御一生でした。

そのおあとは鳥羽院の皇子がおつぎになりましたが、もうこのあたりから殿さまは全くのけもので、御相談さえなかったそうです。御代《みよ》替わりといっしょに、文書内覧もとりあげられて一向に御沙汰《さた》がなく、気がついてみたら全く誰からも相手にされなくなっておいででした。その上悪い噂が流れました。

「先帝が失明なさったのは、左大臣が呪いをかけたからだ」

一向に身におぼえのないことと、弁明されても、どなたも取りあってくれず――その上いままでの厳格な御政治が祟《たた》って、誰ひとり同情を寄せる人もなく、殿さまはひとりぼっちになってしまわれました。こうなると公家というものは意地の悪いものでございますからね。とうとう追いつめられての御挙兵——保元の乱とか今では申しておるようでございますが、保元元年のあの無慚な負け戦さのことは、いまさら申しあげるには及ばないかと存じます。

みじめなといえばあれほどみじめな負け戦さもございませんでしょう。同じように鳥羽院の御政道に不満を持っておられたもう一人の上皇さま、崇徳院《すとくいん》さまと、突然手を組まれて、それこそ、行きあたりばったりの挙兵でした。あれでは負けるのがあたりまえでございます。御自身も流れ矢を頬にうけられ、息もたえだえで南都に逃れ、そこへ移っておられた父君を頼られたのですが、後難を恐れてか、父君はとうとう会って下さいませんでした。あれだけ殿さまを鍾愛《しょうあい》しておられた父君ですのに、公家というものは、いざとなると冷たいものでございます。

殿さまはそのまま淋《さび》しく息をひきとられました。摂関家の子弟としては異例の御最期でございます。摂関家には珍しい御政道への意欲をもたれ、それがかえって災いしてこんな御最期をとげられる——しかも多くの人を、渦の中に巻きこんで……。殿さまらしい御一生かもしれません。中でも一番、そのあおりをうけたのが多子姫君——。

お美しさのゆえに何とも奇妙な道を歩くことになられて……。

では、恨んでおられるだろうって？　姫君がでございますか。さあ、そのあたりになりますと、何とも……。いえ、それには、その先の姫君の御生涯のことを申しあげなくてはなりますまい。

先帝がなくなられてから、御実家へもどられた多子姫君は、やがて近衛河原《このえがわら》の御所にお移りになりました。ええ、私もお供いたしましたことはいうまでもございません。そのまま世捨て人のようにお暮しでございましたら、しばらくして、思いがけない事が起りました。

「もう一度、おきさきに」

という話が飛びこんでまいりましたのです。じつは保元三年にもう一度御代移りがあり、それまでの帝《みかど》の御子の十六歳になられる守仁《もりひと》親王さまが即位なさったのでございますが、その帝が、ぜひに、と仰せられたのでございます。

先帝の后《きさき》がもう一度入内《じゅだい》する──そんな前例はございません。案の定、まわりからは批難の声がまき起りましたが、新帝は激しい御気性で、人々がお諫《いさ》めすればますます強引にやってのけねばすまないという方らしく、遂《つい》に反対を押しきって、異例の入内が行われました。その夜のこと、今でもはっきり覚えております。

「私はあなたを待っていた。きっと私の所へ来る人だと思っていた」

そう言われた帝の、ややきつすぎる御瞳《ひとみ》……。それを見たとき、私の胸に、はっと思いあたるものがありました。

――帝は、先帝と姫君の間の秘事を知っておられる……。

ときに姫君は御二十、さほどお年の釣合もとれないわけではございません。それまでどこか透きとおるような、もろさ、危うさを残しておられた姫君が、あのように豊かに、艶《つや》やかな女のみのりを迎えられたのは、あの後でございます。ほんとうに女のからだというものは正直でございます。

ええ、お仲も睦《むつ》まじくていらっしゃいます。が、私、お二方を拝見しておりますと、このごろ妙な気がいたします。新帝の御政治のなさり方がどこか亡き殿さまに似ておられるのです。人の意見は物ともせず、思ったことはやりとげる――どうやらこのご性格のために、御父、後白河院との御仲もよろしくないとか。その厳しい御政治ぶりは、殿さまそっくりと申してもよいかもしれません。多子姫君はいつのまにか殿さまの翳《かげ》を新帝の中に落としていらっしゃる……。とすると、この無口な姫君が一番心をひかれておいでだったのは、ご自分の一生を振廻《ふりまわ》して死んでゆかれた、あのお方ではなかったか――こう思うのは思いすごしでございましょうか。はあ、じつは、かく申しあげる私も、父を殺されていながら、あのお方のきらめくばかりの御性格の剛《つよ》さが、今となっては、何やらなつかしく思い出されてならないのでございます。

解説

諸《もろ》田《た》玲《れい》子《こ》

私事ながら嬉《うれ》しかった経験——。

今から10年近く前、常滑《とこなめ》市の大野《おおの》城へ取材に出かけた。次なる小説の主人公が浅井《あさい》長政《ながまさ》とお市《いち》の方《かた》の末娘、淀殿《よどどの》の妹でもある江姫《ごうひめ》で、彼女が12歳で嫁いだ最初の夫の佐《さ》治与九郎《じょくろう》が当時、大野城主だったからだ。といっても、夫婦がその城にいたのはわずかな期間でしかなく、しかも今は小さな公園にごくささやかな城が築造されているだけなので、取材に訪れる者はめったにいないらしい。

「こうしてご一緒したのは、実はお二人目です」

案内をお願いした郷土史家は目を細め、得意そうに、しかも宝物を扱うように恭しく、一冊の文庫本を見せてくださった。年輪を経たその本は江姫を描いた『乱紋』の上巻、本文のトビラに著者の永井《ながい》路子《みちこ》さんのサインが入っていた。

「ちょうどここから、この同じ景色をご覧になられました」

そう教えられたとき、感激のあまり胸が熱くなった。

永井路子さんは私にとっては憧《あこが》れの存在、のみならず、許可も得ず勝手に言うことを許していただけるなら〈歴史小説を書く上での恩師〉でもある。

若いころの私は歴史が苦手だった。海外の小説ばかり読み漁《あさ》っていた。ところがあるとき永井路子さんと杉本苑子《すぎもとそのこ》さんの歴史小説に出会った。同年代のお二人は、奈良《なら》・平安《へいあん》・鎌倉《かまくら》・室町《むろまち》・戦国、そして江戸《えど》を舞台に精力的に新作を発表されていて、これまで刺身のツマでしかなかった女性を堂々と主人公に据えたり、周知の事件をまったく異なる方向から描くことで隠されていた真実を暴いてみせたり……と、まさに車の両輪のように、既成概念を蹴散《けち》らして新たな土壌を開拓してゆくさまがなんとも小気味よかった。

お二人の小説を、私はむさぼるように読んだ。それまでは遠い存在のように思っていた歴史上の人々——とりわけひと色に染められてきた女性たち——が、永井さんの手にかかるとあざやかに息を吹き返し、その一喜一憂がまるで我が事のように感じられる。本書でも女人の一人称の語りや、「あんたってひとは」「わかってますったら」「そんなこと言ったってだめ」というような現代口語の軽妙なやりとりがみられるが、読みやすさだけでなく、登場人物の愛憎や喜怒哀楽を生き生きと伝えてくれるので、時代を超えて、いつの世も変わらない女心や人情の機微を読者も共有することができるのだ。

もちろん、こうした芸当は、歴史への深い造詣《ぞうけい》——ひとことで言ってしまうのがはばかられるほどの幅広い知識や奥深い研究——と、飽くなき好奇心があってこそ。

この解説を書いている私の手元には、08年に刊行された評伝『岩倉具視　言葉の皮を剝きながら』がある。このあとがきで永井さんは、四十数年も前に岩倉具視《いわくらともみ》を書きたいと思い、折にふれ史料を集めてきたと記しておられる。「史料というものは問いかけによって別の答え方もするし、時代によって違う顔を見せてくれるのだ、ということが解ってきたのだ。慌てて書かないでよかった……」とも記され、岩倉具視を書くという悲願を抱きつづけることで「私は死なずに生きてきた」とも述懐されている。

この真摯《しんし》な、ストイックでもある歴史との向き合い方が、〈永井さんの歴史文学〉の真髄と言える。

本文庫は単行本の刊行時から数えて44年の歳月を経ているが、永井さんの真髄にふれるにはまたとない6編が収録されている。舞台は平安朝の末期から鎌倉時代にかけて——武士が台頭し、源氏《げんじ》が平氏《へいし》を滅ぼし、義仲《よしなか》・義経《よしつね》が頼朝《よりとも》に討たれ、さらに日本史上、数少ない女傑、北条政子《ほうじょうまさこ》が登場する時代——である。つまり、ひとつの価値観が崩れ去り、騒乱と混沌《こんとん》の中で新たな秩序を生み出そうともがく人々が、欲望をむき出しにして水面下で権謀術策をめぐらし、必死に生き抜こうとする姿を照射している。

6編を時代の推移にそってみてゆくと——。

「后《きさき》ふたたび」は、近衛《このえ》天皇と二条《にじょう》天皇という二人の帝《みかど》の后になった藤原頼長《ふじわらのよりなが》の養女・多子《おおいこ》、その数奇な運命をとおして、閨閥《けいばつ》を利用しのし上がろうとする公卿《くぎょう》たちの攻防を描いているのだが、この語り手が多子の侍女と川原の浮浪者であることに意表をつかれる。遠景にいる人物が語りをつとめることにより、時代の風景が重層的に映し出される。永井さんならではの大胆で画期的な試みである。

「土佐房《とさのぼう》昌俊《しょうしゅん》」は、頼朝の意を受けて義経を討ち果たしにゆく荒法師の話だ。なんとしても手柄を立てなければと、皆に呆《あき》れられようが無謀な挑戦におもむく男は滑稽《こっけい》で憐《あわ》れを誘う。その顚末《てんまつ》に読者の関心をひきつけながらも、さらなる闇——頼朝が異母弟の義経に殺意を抱く経緯——が、読み進めるにつれ明白になってゆく。それこそがこの短編の眼目かもしれない。

表題作の「寂光院《じゃくこういん》残照」は、平氏滅亡後、大原《おおはら》の寂光院で隠棲《いんせい》している建礼門院《けんれいもんいん》のもとへ後白河《ごしらかわ》法皇が御幸するという「平家物語」でも知られる場面を描いた短編。女院と法皇、語り手の侍女ともう一人の侍女、それぞれの心模様を細やかに描き分け、まるで舞台の一場を観るようだ。読者を華やいだ残照の余韻にひたらせながら、静謐《せいひつ》な中にも人の世の無惨をにじませることができるのは永井さんしかいないだろう。修羅を超えてなお凜《りん》として生きる女院の姿が胸を打つ。

「頼朝の死」は、章題どおり、平氏を滅ぼして鎌倉幕府を開いた源頼朝の謎の死の真相に迫る短編。もちろん永井さんだから幾重にも趣向が凝らされている。なにしろ主人公の小雪《こゆき》は、頼朝の浮気相手と噂され、行方知れずになった女房の妹なのである。当事者ではない無垢《むく》な娘の目をとおすからこそ、魑魅魍魎《ちみもうりょう》がうごめく政《まつりごと》の世界の恐ろしさが浮かび上がってくる。その一人として登場するのが北条政子だ。巧妙な仕掛けが心憎い。

「右京局小夜がたり」は、頼朝の後継者である実朝《さねとも》が暗殺された事件を題材にしている。といっても、語り手は実朝の御台所《みだいどころ》となった姫の乳母《めのと》。実朝と周囲の女たち――実朝の乳母、尼御《あまみ》台《だい》政子、御台所の姫――を、乳母の目から観察し分析し、冷静に的確に語りつくす趣向は、政争と相まって人の心の闇を暗示してお見事。

最後になったが「ばくちしてこそ歩くなれ」も異色の短編である。主人公の尊長《そんちょう》がばくち好きの名僧というのも瞠目《どうもく》に値するが、兄弟子の目をとおして語られる尊長の生きざまはなんとも不可思議でつかみどころがない。ところが後鳥羽《ごとば》上皇の側近として承久《じょうきゅう》の乱の首謀者となったとき、尊長が半生を賭《か》けて打ったばくちがなんであったのか、目からうろこが落ちる。永井さんのあざやかな手腕に脱帽。

6編はすべてが、脇役の目から主役である当事者を、事件を、世相を眺めるという手法を用いている。俯瞰《ふかん》することで時代を重層的に描き、幾方向からも人の心の襞《ひだ》に分け入って真実を炙《あぶ》り出そうとしている。十二分に練り上げられた短編を、読者は心ゆくまで堪能《たんのう》できる。

このたび私の愛読書が新たな文庫本となった。一人でも多くの皆さんに永井路子さんの短編の醍醐味《だいごみ》を実感していただきたいと心から願っている。

本書は、一九七八年十二月に読売新聞社より『右京局小夜がたり』として刊行された後、一九八五年一月に集英社文庫より改題して刊行されたものです。

寂《じやく》光《こう》院《いん》残《ざん》照《しよう》

永《なが》井《い》路《みち》子《こ》

令和4年 1月25日　初版発行
令和6年 9月20日　4版発行

発行者●山下直久

発行●株式会社KADOKAWA
〒102-8177　東京都千代田区富士見2-13-3
電話　0570-002-301(ナビダイヤル)

角川文庫 23015

印刷所●株式会社KADOKAWA
製本所●株式会社KADOKAWA

表紙画●和田三造

●お問い合わせ
https://www.kadokawa.co.jp/（「お問い合わせ」へお進みください）
※内容によっては、お答えできない場合があります。
※サポートは日本国内のみとさせていただきます。
※Japanese text only

ISBN 978-4-04-112073-6　C0193

◆◇◇

角川文庫発刊に際して

角川源義

第二次世界大戦の敗北は、軍事力の敗北であった以上に、私たちの若い文化力の敗退であった。私たちの文化が戦争に対して如何に無力であり、単なるあだ花に過ぎなかったかを、私たちは身を以て体験し痛感した。西洋近代文化の摂取にとって、明治以後八十年の歳月は決して短かすぎたとは言えない。にもかかわらず、近代文化の伝統を確立し、自由な批判と柔軟な良識に富む文化層として自らを形成することに私たちは失敗して来た。そしてこれは、各層への文化の普及滲透を任務とする出版人の責任でもあった。

一九四五年以来、私たちは再び振出しに戻り、第一歩から踏み出すことを余儀なくされた。これは大きな不幸ではあるが、反面、これまでの混沌・未熟・歪曲の中にあった我が国の文化に秩序と確たる基礎を齎らすためには絶好の機会でもある。角川書店は、このような祖国の文化的危機にあたり、微力をも顧みず再建の礎石たるべき抱負と決意とをもって出発したが、ここに創立以来の念願を果すべく角川文庫を発刊する。これまで刊行されたあらゆる全集叢書文庫類の長所と短所とを検討し、古今東西の不朽の典籍を、良心的編集のもとに、廉価に、そして書架にふさわしい美本として、多くのひとびとに提供しようとする。しかし私たちは徒らに百科全書的な知識のジレッタントを作ることを目的とせず、あくまで祖国の文化に秩序と再建への道を示し、この文庫を角川書店の栄ある事業として、今後永久に継続発展せしめ、学芸と教養との殿堂として大成せんことを期したい。多くの読書子の愛情ある忠言と支持とによって、この希望と抱負とを完遂せしめられんことを願う。

一九四九年五月三日

角川文庫ベストセラー

山流し、さればこそ　諸田玲子

寛政年間、数馬は同僚の奸計により、「山流し」と忌避される甲府勝手小普請へ転出を命じられる。甲府は城下の繁栄とは裏腹に武士の風紀は乱れ、数馬も盗賊騒ぎに巻き込まれる。逆境の生き方を問う時代長編。

めおと　諸田玲子

小藩の江戸詰め藩士、倉田家に突然現れた女。若き当主・勇之助の腹違いの妹だというが、妻の幸江は疑念を抱く。「江戸棲の女」他、男女・夫婦のかたちを描く全6編。人気作家の原点、オリジナル時代短編集。

青嵐　諸田玲子

最後の侠客・清水次郎長のもとに2人の松吉がいた。一の子分で森の石松こと三州の松吉と、相撲取り顔負けの巨体で豚松と呼ばれた三保の松吉。互いに認め合う2人に、幕末の苛烈な運命が待ち受けていた。

楠の実が熟すまで　諸田玲子

将軍家治の安永年間、京の禁裏での出費が異常に膨らみ、経費を負担する幕府は公家たちに不正があるのではないかと睨む。密命が下り、御徒目付の姪・利津が女隠密として下級公家のもとへ嫁ぐ。闘いが始まる！

梅もどき　諸田玲子

関ヶ原の戦いで徳川勢力に敗北した父を持ち、のちに家康の側室となり、寵臣に下賜されたお梅の方。数奇な運命に翻弄されながらも、戦国時代をしなやかに生きぬいた実在の女性の知られざる人生を描く感動作。

角川文庫ベストセラー

戦国秘譚
神々に告ぐ (上)(下)
安部龍太郎

戦国の世、将軍・足利義輝を助け秩序回復に奔走する関白・近衛前嗣は、上杉・織田の力を借りようとする。その前に、復讐に燃える松永久秀が立ちふさがる。彼の狙いは？ そして恐るべき朝廷の秘密とは――。

彷徨える帝 (上)(下)
安部龍太郎

室町幕府が開かれて百年。二つに分かれていた朝廷も一つに戻り、旧南朝方は逼塞を余儀なくされていた。幕府を崩壊させる秘密が込められた能面をめぐり、旧南朝方、将軍義教、赤松氏の決死の争奪戦が始まる！

浄土の帝
安部龍太郎

末法の世、平安末期。貴族たちの抗争は皇位継承をめぐる骨肉の争いと結びつき、鳥羽院崩御を機に戦乱の炎が都を包む。朝廷が権力を失っていく中、自らの存在意義を問い理想を追い求めた後白河帝の半生を描く。

天下布武 (上)(下)
夢どの与一郎
安部龍太郎

信長軍団の若武者・長岡与一郎は、万見仙千代、荒木新八郎ら仲間に支えられ明智光秀の娘・玉を娶る。大航海時代、イエズス会は信長に何を迫ったのか？ 信長の夢に隠された真実を新視点で描く衝撃の歴史長編。

密室大坂城
安部龍太郎

大坂の陣。二十万の徳川軍に包囲された大坂城を守るのは秀吉の一粒種の秀頼。そこに母・淀殿がかつて犯した不貞を記した証拠が投げ込まれた。陥落寸前の城を舞台に母と子の過酷な運命を描く。傑作歴史小説！

角川文庫ベストセラー

幕末　開陽丸
徳川海軍最後の戦い

安部龍太郎

鳥羽・伏見の戦いに敗れ、旧幕軍は窮地に立たされていた。しかし、徳川最強の軍艦＝開陽丸は屈することなく、新政府軍と抗戦を続ける奥羽越列藩同盟救援のため北へ向うが……。直木賞作家の隠れた名作！

佐和山炎上

安部龍太郎

佐和山城で石田三成の三男・八郎に講義をしていた八十島庄次郎は、三成が関ヶ原で敗れたことを知る。徳川方に城が攻め込まれるのも時間の問題。はたして庄次郎の取った行動とは……。（『忠直卿御座船』改題）

維新の肖像

安部龍太郎

日露戦争後の日本の動向に危惧を抱いていたイェール大学の歴史学者・朝河貫一が、父・正澄が体験した戊辰戦争の意味を問い直す事で、破滅への道を転げ落ちていく日本の病根を見出そうとする。

平城京

安部龍太郎

遣唐大使の命に背き罰を受けていた阿倍船人は、突如兄から重大任務を告げられる。立ち退き交渉、政敵との闘い……数多の試練を乗り越え、青年は計画を完遂できるのか。直木賞作家が描く、渾身の歴史長編！

人斬り半次郎（幕末編）

池波正太郎

姓は中村、鹿児島城下の藩士に〈唐芋〉とさげすまれる貧乏郷士の出ながら剣は示現流の名手、精気溢れる美丈夫で、性剛直。西郷隆盛に見込まれ、国事に奔走するが……。

角川文庫ベストセラー

人斬り半次郎（賊将編）　池波正太郎

中村半次郎、改名して桐野利秋。日本初代の陸軍大将として得意の日々を送るが、征韓論をめぐって新政府は二つに分かれ、西郷は鹿児島に下った。その後を追う桐野。刻々と迫る西南戦争の危機……。

にっぽん怪盗伝　新装版　池波正太郎

火付盗賊改方の頭に就任した長谷川平蔵は、迷うことなく捕らえた強盗団に断罪を下した！　その深い理由とは？「鬼平」外伝ともいうべきロングセラー捕物帳全12編が、文字が大きく読みやすい新装改版で登場。

近藤勇白書　池波正太郎

池田屋事件をはじめ、油小路の死闘、鳥羽伏見の戦いなど、「誠」の旗の下に結集した幕末新選組の活躍の跡を克明にたどりながら、局長近藤勇の熱血と豊かな人間味を描く痛快小説。

戦国幻想曲　池波正太郎

〝汝は天下にきこえた大名に仕えよ〟との父の遺言を胸に、渡辺勘兵衛は槍術の腕を磨いた。戦国の世に「槍の勘兵衛」として知られながら、変転の生涯を送った一武将の夢と挫折を描く。

英雄にっぽん　池波正太郎

戦国の怪男児山中鹿之介。十六歳の折、出雲の主家尼子氏と伯耆の行松氏との合戦に加わり、敵の猛将を討ちとって勇名は諸国に轟いた。悲運の武将の波乱の生涯と人間像を描く戦国ドラマ。

角川文庫ベストセラー

戦国と幕末　池波正太郎

戦国時代の最後を飾る数々の英雄、忠臣蔵で末代まで名を残した赤穂義士、男伊達を誇る幡随院長兵衛、そして幕末のアンチ・ヒーロー土方歳三、永倉新八など、ユニークな史観で転換期の男たちの生き方を描く。

賊将　池波正太郎

西南戦争に散った快男児〈人斬り半次郎〉こと桐野利秋を描く表題作ほか、応仁の乱に何ら力を発揮できない足利義政の苦悩を描く「応仁の乱」など、直木賞受賞直前の力作を収録した珠玉短編集。

闇の狩人（上）（下）　池波正太郎

盗賊の小頭・弥平次は、記憶喪失の浪人・谷川弥太郎を刺客から救う。時は過ぎ、江戸で弥太郎と再会した弥平次は、彼の身を案じ、失った過去を探ろうとする。しかし、二人にはさらなる刺客の魔の手が……。

忍者丹波大介　池波正太郎

関ヶ原の合戦で徳川方が勝利をおさめると、激変する時代の波のなかで、信義をモットーにしていた甲賀忍者のありかたも変質していく。丹波大介は甲賀を捨て一匹狼となり、黒い刃と闘うが……。

俠客（上）（下）　池波正太郎

江戸の人望を一身に集める長兵衛は、「町奴」として、つねに「旗本奴」との熾烈な争いの矢面に立っていた。そして、親友の旗本・水野十郎左衛門とも互いは心で通じながらも、対決を迫られることに——。

角川文庫ベストセラー

西郷隆盛　新装版

池波正太郎

薩摩の下級藩士の家に生まれ、幾多の苦難に見舞われながら幕末・維新を駆け抜けた西郷隆盛。歴史時代小説の名匠が、西郷の足どりを克明にたどり、維新史までを描破した力作。

乾山晩愁

葉室　麟

天才絵師の名をほしいままにした兄・尾形光琳が没して以来、尾形乾山は陶工としての限界に悩む。在りし日の兄を思い、晩年の「花籠図」に苦悩を昇華させるまでを描く歴史文学賞受賞の表題作など、珠玉5篇。

実朝の首

葉室　麟

将軍・源実朝が鶴岡八幡宮で殺され、討った公暁も三浦義村に斬られた。実朝の首級を託された公暁の従者が一人逃れるが、消えた「首」奪還をめぐり、朝廷も巻き込んだ駆け引きが始まる。尼将軍・政子の深謀とは。

秋月記

葉室　麟

筑前の小藩、秋月藩で、専横を極める家老への不満が高まっていた。間小四郎は仲間の藩士たちと共に糾弾に立ち上がり、その排除に成功する。が、その背後には本藩・福岡藩の策謀が。武士の矜持を描く時代長編。

散り椿

葉室　麟

かつて一刀流道場四天王の一人と謳われた瓜生新兵衛が帰藩。おりしも扇野藩では藩主代替りを巡り側用人と家老の対立が先鋭化。新兵衛の帰郷は藩内の秘密を白日のもとに曝そうとしていた。感涙長編時代小説！

角川文庫ベストセラー

大奥華伝

平岩弓枝・永井路子・松本清張・山田風太郎他
編／縄田一男

杉本苑子「春日局」、海音寺潮五郎「お万の方旋風」「矢島の局の明暗」、山田風太郎「元禄おさめの方」、平岩弓枝「絵島の恋」、笹沢左保「女人は二度死ぬ」、松本清張「天保の初もの」、永井路子「天璋院」を収録。

戦国秘史
歴史小説アンソロジー

伊東　潤・風野真知雄・武内　涼・中路啓太・宮本昌孝・矢野　隆・吉川永青

甲斐宗運、鳥居元忠、茶屋四郎次郎、北条氏康、片桐且元……知られざる武将たちの凄絶な生きざま。大注目の作家陣がまったく新しい戦国史を描く、書き下ろし＆オリジナル歴史小説アンソロジー！

新選組烈士伝

司馬遼太郎・津本　陽・池波正太郎 他
編／縄田一男

「新選組」を描いた名作・秀作の精選アンソロジー。津本陽、池波正太郎、三好徹、南原幹雄、子母沢寛、司馬遼太郎、早乙女貢、井上友一郎、立原正秋、船山馨の、名手10人による「新選組」競演！

撫子が斬る（上）
女性作家捕物帳アンソロジー

選／宮部みゆき
編／日本ペンクラブ

宇江佐真理、澤田瞳子、藤原緋沙子、北原亞以子、藤水名子、杉本章子、澤田ふじ子、宮部みゆき――。当代を代表する女性作家8名による、色とりどりの捕物帳アンソロジー。

撫子が斬る（下）
女性作家捕物帳アンソロジー

選／宮部みゆき
編／日本ペンクラブ

畠中恵、山崎洋子、松井今朝子、諸田玲子、杉本苑子、築山桂、平岩弓枝――。当代を代表する女性作家7名による、色とりどりの「捕物帳」アンソロジー。

角川文庫ベストセラー

商売繁盛
時代小説アンソロジー

朝井まかて・梶 よう子・西條奈加・畠中 恵・宮部みゆき
編／末國善己

宮部みゆき、朝井まかてほか、人気作家がそろい踏み！ 古道具屋、料理屋、江戸の百円ショップ……活気溢れる江戸の町並みを描いた、賑やかで楽しい〝お店〟小説の数々。

夏しぐれ
時代小説アンソロジー

平岩弓枝、藤原緋沙子、諸田玲子、横溝正史、柴田錬三郎
編／縄田一男

夏の神事、二十六夜待で目白不動に籠もった俳諧師が死んだ。不審を覚えた東吾が探ると……。『御宿かわせみ』からの平岩弓枝作品や、藤原緋沙子、諸田玲子など、江戸の夏を彩る珠玉の時代小説アンソロジー！

冬ごもり
時代小説アンソロジー

池波正太郎、宮部みゆき、松本清張、南原幹雄、宇江佐真理、山本一力
編／縄田一男

本所の蕎麦屋に、正月四日、毎年のように来る客。彼の腕にはある彫ものが……／「正月四日の客」池波正太郎ほか、宮部みゆき、松本清張など人気作家がそろい踏み！ 冬がテーマの時代小説アンソロジー。

秋びより
時代小説アンソロジー

池波正太郎、藤原緋沙子、岡本綺堂、岩井三四二、佐江衆一
編／縄田一男

池波正太郎、藤原緋沙子、岡本綺堂、岩井三四二、佐江衆一……江戸の「秋」をテーマに、人気作家の時代小説短篇を集めました。縄田一男さんを編者とした大好評時代小説アンソロジー第3弾！

春はやて
時代小説アンソロジー

平岩弓枝、藤原緋沙子、柴田錬三郎、野村胡堂、岡本綺堂
編／縄田一男

幼馴染みのおまつとの約束をたがえ、奉公先の婿となり主人に収まった吉兵衛は、義母の苛烈な皮肉を浴びる日々だったが、おまつが聖坂下で女郎に身を落としていると知り……（「夜明けの雨」）。他4編を収録。